#CUIDADO
garotas apaixonadas 2
NANDA

CB039867

Toni Brandão

#CUIDADO
garotas apaixonadas 2
NANDA

ilustrações
Dave Santana

São Paulo
2021

© Antônio de Pádua Brandão, 2017
2ª Edição, Global Editora, São Paulo 2021

Jefferson L. Alves — diretor editorial
Flávio Samuel — gerente de produção
Juliana Campoi — coordenadora editorial
Maria Letícia L. Sousa e Vera Lucia da Costa — revisão
Dave Santana — ilustrações
Tathiana A. Inocêncio — projeto gráfico
Fabio Augusto Ramos — diagramação

Dados Internacionais de Catalogação na Publicação (CIP)
(Câmara Brasileira do Livro, SP, Brasil)

Brandão, Toni
 #Cuidado : garotas apaixonadas, 2 : Nanda / Toni Brandão ; ilustração Dave Santana. – 2. ed. – São Paulo : Global, 2021.
(#Cuidado : garotas apaixonadas ; 2)

ISBN 978-65-5612-157-4

1. Literatura infantojuvenil I. Santana, Dave. II. Título.

21-76883   CDD-028.5

Índices para catálogo sistemático:
1. Literatura infantojuvenil 028.5

Aline Graziele Benitez - Bibliotecária - CRB-1/3129

Obra atualizada conforme o
NOVO ACORDO ORTOGRÁFICO DA LÍNGUA PORTUGUESA

Global Editora e Distribuidora Ltda.
Rua Pirapitingui, 111 — Liberdade
CEP 01508-020 — São Paulo — SP
Tel.: (11) 3277-7999
e-mail: global@globaleditora.com.br

 globaleditora.com.br   /globaleditora
 blog.globaleditora.com.br   /globaleditora
 /globaleditora   /globaleditora

 Direitos reservados.
Colabore com a produção científica e cultural.
Proibida a reprodução total ou parcial desta obra sem a autorização do editor.

Nº de Catálogo: **4063**

*Para a minha afilhota Ana Clara,
que me ensina a ser um homem mais sensível!*

#EspelhoEspelhoMeu

Nanda está estacionada em frente ao espelho do armário do seu quarto. Ainda bem que ela está magra; o espelho é bem estreito. Nem daria para ser diferente; o armário não é dos maiores. Como fazer um armário grande em um quarto tão pequeno? Nada disso importa: o quarto é pequeno, o espelho é estreito, Nanda está magra... – se bem que isso, para Nanda, importa, sim! – Na verdade, o mais importante é que nesse espelho tão estreito, nesse armário que não é dos maiores e nesse quarto pequeno Nanda consegue guardar todas as ideias, vontades e quase realizações que passam pela cabeça que ela carrega sobre o pescoço há tanto tempo...

"#NemÉTantoTempoAssim"

Essa frase em forma de *hashtag* Nanda solta para si mesma. Não tem ninguém além dela no quarto, além de sua própria imagem no espelho.

"#NemCaberiaMaisAlguém!"

Agora foi um pouco de exagero da garota, mas tudo bem!

Continuando: ela tem fones vermelhos espetados nos ouvidos. Os fones levam para a cabeça dela o som de sua banda pop favorita: "Hamlet & Juliet", para Nanda, #AMelhorBandaDeTodosOsTemposDeTodosOsMundos!

Enquanto escuta, Nanda inventa uma coreografia muito esquisita e que chacoalha ainda mais as ideias, as vontades e as quase realizações dela.

A maior parte da letra da música, Nanda entende errado e não faz o menor sentido; ela não é tão boa em inglês. Mas o ritmo da batida pop da música faz Nanda ter certeza de que as ideias que está tendo, depois de se chacoalharem tanto, vão ajudar a transformar suas vontades em realizações.

Nanda pergunta ao espelho...

– Espelho, espelho meu... será que eu vou ter coragem de fazer tudo isso acontecer?

Mesmo Nanda tendo perguntado sem *hashtag* (ela ficou com medo do espelho não ser ligado em linguagens eletrônicas), o espelho não responde. Aparentemente, ele não é tão mágico quanto Nanda pensa!

Mas, assim que Nanda termina a pergunta, acontece uma coisa muito estranha: o espelho se solta das borrachinhas que o prendiam na porta do armário e cai no chão.

Não quebra nem lasca, mas claro que só o fato do espelho cair já é o suficiente para Nanda ficar arrepiada.

– #OQueSeráQueIssoQuerDizer?

O que será?

#CapítuloUm

Nanda está eufórica...
— ... o que você acha?
— Cantora de dupla pop com seis letras: "Juliet".
— ... ou melhor, estava. Agora, ela começa a ficar irritada.
— Tá ouvindo o que eu tô falando, Tina?
Como quase sempre acontece, Tina ignora a pergunta de Nanda.
— ... pode ser, também, o primeiro nome da roqueira Vanusa The Queen. Não! A Vanusa é roqueira e canta sozinha, aqui tá dizendo dupla pop... e a última letra é T...
— *Helloouu*? Tina?
— ... deve ser a Juliet, sim.
Tina continua ignorando a tentativa de Nanda de falar com ela.
— Já vi que você não tá ouvindo nada, Tina. Tchau! Vou beber água.
Tina solta sobre a carteira o *tablet* onde brincava de caçar palavras — e usa a mesma mão esquerda para puxar Nanda pela blusa.

— Vem cá, Nanda.

— Vai espichar minha blusa.

— Eu te dou outra.

— Você não muda, hein, Tina?

— Em algumas coisas eu mudo. Em outras, não. Tudo o que era euforia em Nanda vira bronca.

— Só que não é sobre você que nós estamos falando, tá?

— Se eu espichei a sua blusa, de verdade, eu te dou outra. Deixa eu conferir.

Nanda está ficando mesmo muito brava.

— E nem é sobre a minha blusa.

Só aí Tina resolve mostrar para Nanda que estava, sim, ouvindo o que ela estava dizendo...

— ... o que eu não estava, Nandinha, é interessada.

— Óbvio que não. Tudo o que se afaste um milímetro do universo de brilhantes da *Super-HiperValentina.ego.universo*... não te interessa, né?

— Não é isso, Nanda. É que você tá dando muita importância pra uma coisa que não tem a menor importância. É só mais uma festa.

— "Só mais uma festa"?! Como assim?! É a festa DO CAIO, um dos cinco maiores gatinhos do colégio... a festa em que eu...

Conferindo pela milésima vez uma foto que ela mesma postou... e adorou!... e já recebeu "trocentas" curtidas!!!... Gute entra na classe e na conversa. Mesmo não sendo preciso, ela deixa isso bem claro...

— Chegueeei! Poxa, vocês ainda não curtiram a foto que eu fiz ontem do menino da...

O que faz Gute parar a pergunta no meio é ela perceber a eletricidade bélica no espaço aparentemente vazio entre Nanda e Tina.

— Nossa! Que clima! Tá quase pegando fogo aqui!

Mas, por incrível que pareça, Nanda tira o foco da tensão bélica de Tina e volta com sua euforia glitterizada, dessa vez na direção da outra amiga, que acaba de chegar.

— Que bom que você chegou, Gute. Assim, pelo menos, eu tenho com quem conversar.

Só que isso faz Tina parar de esnobar Nanda imediatamente. A "*Super-HiperValentina.ego.universo...*" derrama sobre Nanda toda a atenção que ela estava esnobando e responde à pergunta que a amiga fez (pra quem não se lembra mais, a pergunta era: "o que você acha?").

— Eu acho um absurdo, Nanda.

— Um pouco tarde pra você achar um absurdo.

Gute não está entendendo nada.

— Não tô entendendo nada.

Tina e Nanda começam a falar ao mesmo tempo:

— A Tina não quer...

— A Nanda tá querendo...

— Paaaara tudo.

Tudo para, ou melhor, Tina e Nanda param.

— O que você tá querendo, Nanda?

Nanda se empolga novamente.

— Beijar.

Gute acha graça e lembra que já ouviu essa história várias vezes.

— Quem, dessa vez?

Tina aproveita o jeito um pouco irônico como Gute terminou a sua pergunta para fazer uma pergunta ainda mais irônica ao mesmo tempo que começa a explicar a sua teoria e o porquê da sua falta de atenção.

— Você prestou atenção no tom da Gute, quando ela disse "dessa vez"?

Nanda fica insegura.

— O que é que tem?

Tina aproveita...

— "Tem" que nós já estamos cheias dessa sua história de beijar, beijar... e nunca beijar.

Gute protesta:

— Eu não disse que estou cheia de nada.

Nanda adora ser defendida pela amiga. E renova seu arsenal de *glitter*...

— Tá ouvindo, Tina?

— Mas a Tina não tá totalmente errada, Nanda.

— "Tá ouvindo", Nanda?

Depois de ouvir Tina repetir (#Belicamente!) a pergunta dela, usando, inclusive, o jeito de falar e o tom de voz que ela tinha usado, Nanda responde:

— É pra acabar de vez com essa história de nunca beijar que eu bolei um plano.

— Plano pra beijar?

— Eu sempre fiquei confusa sobre quem seria o merecedor do meu primeiro beijo.

Lá vem a Tina...

— Eu já te falei que o brejo da minha casa na Montanha está cheio de sapos à sua disposição, Nandinha.

— Para, Tina.

— Parei... parei...

E Nanda continua...

— ... então, Gute, eu sempre fiquei em dúvida sobre qual sapo... quer dizer, qual garoto beijar. Então eu resolvi fazer um sorteio.

— Sorteio?

— Eu vou anotar em papeizinhos os nomes das bocas beijáveis dos garotos da festa do Caio, inclusive o próprio dono da festa. Aí, eu sorteio três nomes e vou tentando por eliminatória.

Quando Nanda termina a frase deixando no ar os possíveis desdobramentos de seu plano, Gute fica na dúvida sobre o que dizer à amiga. Pelo visto, Tina não tem dúvida de nada.

— E você queria que eu levasse mais a sério essa ideia absurda do que o nome da cantora pop de seis letras? Ah, me poupe!

E Tina volta a se concentrar no jogo de palavras do *tablet*. Quer dizer, ameaça voltar. Parece que Gute tem algo a dizer a ela sobre mais essa sua encenação de esnobismo e afetação.

— Por mais absurda que seja a ideia de Nanda, Tina, eu acho que ela devia ser mais importante pra você do que o nome de qualquer ídolo pop... até mesmo se fosse o nome do Y. T.!

Para quem não sabe, Y. T. (como é conhecido no mundo todo o garoto Young Eliot) é o ídolo *teen* mais bombado na internet, no momento. E o que ele faz exatamente para atrair zilhões de *views* e *likes* e mais *likes*? Tecnicamente, nada!

15

O garoto só fica rindo, fazendo cara de bravo, de feliz, de confuso. Mas tem os olhos, os cabelos, os dentes, as covinhas... que deixam loucas as meninas de todos os continentes, planetas do sistema solar e também de outros mundos. Ninguém nunca ouviu a voz de Y. T.! Mas espera, essa história não é sobre ele.

Bem, voltando para as três garotas na sala de aula em volta de um *tablet*...

Depois da bronca de Gute, Tina fica um pouco sem graça. Só um pouco.

– Nanda e Gute, me desculpem, mas eu não tenho tempo a perder. Eu preciso ser sincera, tá?

– Tá. Mas custa você ouvir, com um pouquinho de respeito, a Nanda?

Agora, Tina já não está mais nem um pouco sem graça.

– *Helloouu*? Gute? Então tá: será que daria pra você me deixar um pouco de lado e dizer para a sua querida Nanda o que você acha desse absurdo... quer dizer, dessa ideia?

Ter sido colocada contra a parede por Tina não intimida Gute. Em vez de concordar ou discordar sobre a ideia de Nanda ser absurda, ela resolve olhar o assunto sob outro ponto de vista.

– Você acha que esse é o melhor caminho, Nanda?

O jeito carinhoso como Gute fala com Nanda deixa a garota um pouco menos confusa, mas não totalmente não confusa.

– Caminho?

– Escolher por sorteio quem você vai beijar.

Silêncio. É a própria Gute quem continua:

– Não fica parecendo... um bingo?

Tina solta uma gargalhada. Nanda nem dá bola, de tão intrigada que ela está com o que ouviu de Gute.

— Fica?

— Não sei, Nanda. Tô perguntando.

Como não gostou muito (#NãoGostouNada!) de ser ignorada, Tina volta a se concentrar no jogo de palavras eletrônico...

— País onde mais acontecem raios: Brasil. Que medo!

... e deixa que Nanda e Gute continuem a conversar sozinhas.

— Sabe, Nanda, eu acho que fica com cara de bingo, sim.

Parece que Nanda não concorda com Gute.

— Acho que você não entendeu direito, Gute. Eu vou fazer uma lista com os nomes das bocas beijáveis...

— Olha só o jeito como você tá falando.

— Falando?

— Bocas beijáveis.

— Não são bocas?

— São.

— E não são beijáveis?

— Hã-hã. Só que não é assim, você não vai beijar uma boca.

— *Não?*

— É muito mais... é muito maior do que isso!

— "Maior" como?

Agora é Gute quem começa a se empolgar.

— Você vai escolher alguém, quer dizer, você e alguém serão escolhidos para juntarem seus sentimentos em um só...

17

— Hã?

— ... quando a sua boca se juntar a uma outra boca, será a materialização daquilo que existe de mais sagrado...

— Sagrado?

— ... incompreensível...

Nessa altura de sua fala, Gute já está tão empolgada, mas tão empolgada, que até parece que ela vai levantar voo. Quanto mais empolgada fica Gute, mais assustada fica Nanda, que está entendendo do que está ouvindo tanto quanto entendia da letra da música em inglês que ela escutava em casa, quando o espelho do seu quarto caiu no chão e não se quebrou: quase nada.

— Para, Gute. Por favor! Você tá me assustando.

Mas a empolgação não deixa Gute parar.

— ... espiritual...

— Espiritual? Não tô entendendo nada. Você tá falando de religião?

— Estou falando de ligação...

— Ligação?

— ... profunda...

— Profunda?

— ... verdadeira...

Nanda já está quase chorando de medo.

— Você tá me deixando assustada, Gute.

Gute percebe que está exagerando um pouco e se contém.

— Desculpa, me empolguei.

Nanda se acalma.

— Que susto!

— O que eu tô querendo dizer é que beijo não é bingo.

— Mas também não é religião.

Gute pensa um pouco.

— É. Acho que não.

Nanda fica com uma dúvida.

— Quantos meninos você já beijou mesmo, Gute?

— Um.

Com o esclarecimento da dúvida, Nanda se decepciona um pouco.

— Um?

Tina, que mesmo caçando nomes de atores gatos, cantoras pop e fenômenos naturais estava prestando um pouco de atenção na conversa, se intromete, assim, meio de lado...

— Eu já beijei vários.

Nanda e Gute consideram o que Tina disse, mas não dão muita importância. Na verdade, mesmo sabendo que ela é uma garota bem atrevida, as duas não acreditam que "vários" queira dizer "muitos". E Tina continua, ainda meio de lado e sem tirar os olhos do *tablet*...

— E pra mim, beijo é uma coisa muito menos importante do que pra Gute. É gostoso como um sorvete, mas quando acaba, acabou e pronto. Não tem nada a ver com gostar.

Gute e Nanda ficam curiosas. É Gute quem materializa a curiosidade em uma pergunta:

— Como assim?

Agora, Tina desgruda os olhos do *tablet* e se concentra na plateia que ela acaba de atrair.

— Resumindo, pra caber na cabecinha de vocês: eu quis dizer que eu não preciso estar apaixonada pra beijar.

Gute protesta:

— Eu preciso! Por isso só beijei um, o Fábio Seixas, que eu namorei catorze dias e meio. E é também por isso que só vou beijar de novo quando eu me apaixonar de novo. E namorar de novo.

Nanda, que nesse assunto ainda tem experiência zero, fica bem quietinha, só tentando adaptar o seu plano a uma situação que não deixe com jeito de bingo aquela experiência pela qual ela tanto espera: o primeiro beijo. Ela só sabe uma coisa: será na festa do Caio que ela irá beijar pela primeira vez.

Deixando o capítulo beijo de lado, Nanda, Gute e Tina começam a se preocupar com outros detalhes da festa.

— A festa vai ser o máximo!

— Menos, Nanda, menos. O máximo foi a *minha* festa, fala a verdade!

Apesar de a própria Tina não ter se divertido tanto quando gostaria (mas, isso é uma outra história!), sim, a festa dela foi o máximo. Mesmo já tendo passado alguns dias, as fotos e *selfies* que todo mundo postou continuam bombando na internet.

— Nisso você tem razão, Tina. Ah... com que cor você vai?

— De preto, claro.

— Eu vou de rosa.

— E eu, de verde.

— Verde, Gute?

— O que é que tem de errado com o verde, Tina?

Tina acha que tem tudo de errado, mas não é o que ela responde.

— Nada, não.
— Será que o Caio convidou todo mundo?
— Todo mundo, acho que não; mas os cinco gatinhos tenho certeza que sim.

Por cinco gatinhos entenda-se o próprio Caio e seus amigos Alê, Beto 1, Beto 2 e Rafa; os eleitos pelas garotas os cinco meninos mais interessantes (#ELindos!) do colégio.

É Gute quem continua falando...
— A Camila disse...
— Por falar em Camila, cadê ela?
— Como sempre, deve ter ficado presa no trânsito.
— Meu pai disse que, daqui a pouco, os carros não vão mais conseguir andar. Parece que todo dia entram em circulação mais de oito mil carros novos. Ainda bem que ele vai comprar um helicóptero.

Mesmo sabendo que é verdade, Nanda e Gute não prestam a menor atenção à teoria do pai de Tina ou à ostentação dela; até porque as três — e toda a classe — começam a prestar atenção na pessoa que acaba de entrar. Tina confere...

— O coordenador?

Gute filosofa...

— Pensei que fosse a professora da primeira aula.

Nanda sente um arrepio...

— O que será que o coordenador quer com a gente?

A pergunta de Nanda — e provavelmente o arrepio também — é porque ela percebe que a expressão do coordenador não é das mais animadas. Aliás, toda a classe já percebeu. Fica o maior silêncio; todo mundo esperando o que o coordenador vai dizer, ou melhor, perguntar...

— Quem é Maria Fernanda Porto Feliz?

Nanda está tão assustada que Gute tem de lembrá-la...
— É você, Nanda.
Nanda se levanta e responde gaguejando...
— So-so... sou eu...
Assim que reconhece Nanda, o coordenador faz uma expressão ainda mais pesada, antes de pedir, com o maior cuidado...
— Pegue seu material e venha comigo, Nanda. Hoje você vai ter de ir embora mais cedo, infelizmente.

#CapítuloDois

— Meus pêsames, Nandinha.

Não é exatamente uma fila, mas muitos amigos da escola estão por perto, querendo cumprimentar Nanda, que está sentada em um banco de madeira do salão do velório. Gute e Camila estão com ela, uma de cada lado, segurando as mãos da garota. Antes mesmo de vir, a maioria deles já tinha enviado mensagens de texto dando os pêsames para Nanda. Na primeira que recebeu, ela até estranhou...

"Nunca tinha pensado que mensagens servissem pra isso também..."

Mas serve. Servem pra tudo!

Esse, que acaba de dizer "Meus pêsames, Nandinha!", é Tui.

— Obrigada, Tui.

Como ele ainda não tem muita experiência em velórios, não sabe muito bem se diz mais alguma coisa depois que a pessoa agradece.

— Tchau, quer dizer, até daqui a pouco.

Tui diz "Tchau" e depois se corrige porque ele não está exatamente indo embora. Só vai ficar fora do salão, com outros amigos que já cumprimentaram Nanda e estão esperando a hora do enterro. O cheiro forte de flor incomoda um pouco a rinite do garoto. Nanda está com os olhos vermelhos e um pouco inchados.

— Meus pêsames, Nandinha.

— Obrigada, Rita.

— Ele estava doente?

— Não. Foi "infarti".

Gute corrige Nanda:

— Infarto.

Depois fica um pouco sem graça.

— Desculpa, Nanda. Esta não é uma boa hora pra corrigir erros de português.

— Não foi nada.

Camila pensa em ser mais detalhista do que Gute e dizer às duas que, se Nanda tivesse dito "enfarte", com e e não com *i*, não teria cometido erro nenhum; mas, como disse Gute, essa não é uma boa hora para corrigir erros de português.

Rita Schimidit continua em pé em frente à Nanda e um tanto quanto confusa.

— Nanda, você acha ruim se eu não for até o caixão?

Nanda nem pensa para responder.

— Claro que não, Rita.

— Eu sei que não vai acontecer nada, sabe? Mas eu morro de medo de ver gente morta. Já pensou se começa a sair alguma coisa pelo nariz? Pela boca? Dizem que isso acontece... credo!

— Não tem problema.

— Você se incomoda se eu também não ficar pro enterro?

Nanda, que nunca teve muita intimidade com Rita Schimidit, está começando a se irritar.

— Não.

— Eu detesto ver aquele monte de gente chorando, quando começam a jogar terra em cima do caixão.

— Tá bom, Rita!

O que Nanda diz é "Tá bom, Rita!", mas todo mundo entende — inclusive Rita Schimidit — que o que ela está querendo dizer é "Dá o fora, Rita!".

— Desculpe se eu falei alguma besteira. Tchau.

— Tchau, Rita.

Os cabelos de Nanda estão presos com um elástico em um rabo de cavalo, já meio frouxo.

— Meus pêsames.

— Obrigada, Beto.

O Beto que está cumprimentando Nanda é Beto 1, com seus cabelos confusos, seus olhos pretos e suas sobrancelhas grossas.

— Quantos anos ele tinha?

— Sessenta e oito.

— Ah... Nanda, você sabe que o meu pai é médico da galera da nossa idade, não sabe?

— Hã-hã.

— Se você precisar de um médico, sei lá...

— Obrigada.

— Qualquer coisa, eu tô lá fora, tá?

— Tá.

A cada novo amigo que aparece, o coração de Nanda vai ficando mais apertado. Agora, ela está falando com Alê.

— Meus pêsames, Nanda.

— Obrigada, Alê.

— Meu avô, pai do meu pai, também já morreu, sabe?

O garoto começa a falar de um jeito meio exibido, mas, do meio da frase em diante, ele modera um pouco.

— Eu não sabia.

— Depois que passa alguns dias, fica pior.

— Alê, não é hora...

— Foi mal.

— Deixa ele, Camila.

É Nanda quem pede para Camila deixar o Alê falar. E o garoto continua...

— ... é como se a gente ficasse anestesiado, e depois vai passando a anestesia, e a saudade vai aumentando...

Agora, é Gute quem corta Alê...

— Já tá bom, Alê!

— Tô lá fora, tá?

— Obrigada.

Como Nanda está frágil. Parece que seus ossos vão se quebrar. Agora, é Beto 2, o cor de jambo, quem se aproxima.

— Oi.

Como Beto 2 foi o primeiro amigo que não começou dizendo "Meus pêsames", Nanda se interessa um pouco mais e olha para o garoto com atenção. Ela também achou estranho o jeito meio molhado como saiu o "Oi" de Beto 2; e estranha ainda mais quando percebe que o branco em volta de seus olhos verdes não está branco, e sim vermelho, sinal de que o garoto andou chorando.

— Oi, Beto.

— Se precisar de qualquer coisa, me chama, tá? Envia uma mensagem...

— Tá.

— Você tem meu contato?

Nanda não lembra se tem ou não o contato de Beto 2, mas responde:

— Tenho.

— Escreve... liga...

Quando Beto 2 sai, Nanda confere os olhares intrigados de Gute e Camila.

— Vocês viram: ele chorou.

— O Beto fica mais gato ainda quando chora.

Camila se envergonha do comentário, mas, quando percebe que conseguiu fazer brotar um mínimo sorriso no rosto triste de Nanda, ela se perdoa. Mas o mínimo sorriso dura pouco. Nanda pensa em alguma coisa, aparentemente alguma coisa bem triste.

— Tô me sentindo tão sozinha... parece que o mundo inteiro cresceu dez vezes em volta de mim e eu virei uma formiguinha.

Chorando, Nanda abraça Gute, que está mais perto. Gute corresponde ao abraço...

— A gente não vai deixar você sozinha, Nandinha.

— Meu avô era tão legal.

... e Camila, percebendo que o rabo de cavalo de Nanda está se desmanchando, começa a prendê-lo de novo.

— O seu avô vai ser sempre legal.

— Mas não vai estar mais junto com a gente.

— Ele vai estar sempre no seu coração.

— Como é que a minha mãe vai ficar? Ela era tão apegada ao pai e à mãe... E a minha avó? Ela não saiu de perto do caixão nem um segundo.

Nanda chora com mais força.

— Acho que, em mim, a anestesia que o Alê falou não pegou. Eu já tô morrendo de saudades do meu avô.

Pisco, o irmão gêmeo de Gute, é o próximo. Depois de desejar os pêsames, ele continua, quase ajoelhado, em frente à Nanda, com uma expressão muito estranha.

— Que cara é essa, Pisco?

É claro que Gute conhece (#EMuitoBem!) as milhares de expressões do irmão, ela nunca tinha visto Pisco tão pálido e com os olhos tão arregalados. Foi por isso que ela perguntou.

— Se liga, Gute.

Depois de sinalizar para Gute que não está a fim de conversa com ela, Pisco se concentra totalmente em Nanda.

— Vem cá, Nanda.

Nanda, que já está ali, só olha um pouco mais atentamente para Pisco.

— Fala.

— É verdade que você passou a noite inteira aqui, no velório do cemitério?

Prevendo o que vem pela frente, Gute tenta interromper o irmão.

— Pisco!

Nanda responde:

— Passei.

Arregalando ainda mais os olhos, Pisco quer saber:

— Por acaso, você viu o fogo-fátuo?

— Hã?

Gute está envergonhada.

— Não acredito que você tá perguntando isso pra Nanda numa hora dessas.

Pelo visto, Pisco não está nem aí para a irmã.

— Fogo-fátuo... é aquela fumacinha rapidinha e azulada que sai dos túmulos durante a madrugada...

Gute, agora, está envergonhadíssima!

— "Fumacinha rapidinha e azulada"? Tenha dó, Pisco!

Nanda pensa um pouco.

— Eu não vi nada, Pisco. A parte onde fica o velório é meio afastada dos túmulos.

Pisco se decepciona um pouco.

— Ah... mas, também, eu acho que nem existe essa fumaça. Eu, pelo menos, não conheço ninguém que já tenha visto. Deve ser lenda. Valeu!

Quando Pisco está quase saindo, ele pensa em algo e volta...

— Você vai postar fotos dele no...

É Gute quem não deixa Pisco terminar a frase.

— Pisco!

— Tá bom! Fuuui!

Depois que Pisco sai... Gute diz:

— Desculpa o meu irmão, Nanda.

— Não foi nada. Pior foi aquele encosto da Rita Schimidit.

Agora é a vez de Caio se ajoelhar em frente à Nanda.

— E aí, Nanda?

— Tô aqui... desculpa eu não ter ido à sua festa.

Caio fica um pouco sem graça.

— Desculpa eu, que fiz aniversário justo no dia que o seu avô morreu.

— Você não tem culpa.

— Nem você.

Dentro do choro, Nanda dá uma risadinha.

— É, nem eu, Caio.

— Você tá ligada que a minha família é budista, não tá?

— Eu não sabia.

— Nós, os budistas, desde pequenos aprendemos a pensar no desapego. Estamos sempre ouvindo que tudo na vida é passageiro, inclusive a vida.

— Mas a minha família é católica e nós vamos ter que lidar com a morte do vovô do nosso jeito... Eu era muito apegada a ele.

— Mas é sempre bom saber que existem outros jeitos de ver a mesma coisa.

— É.

— Pode não resolver, mas ajuda.

— Legal.

Caio dá um beijo no rosto de Nanda.

— Tô lá fora com os outros caras... Ah, o Rafa pediu pra te dizer que a mãe dele não deixou ele vir. Depois ele te explica.

Enquanto Caio sai, as três garotas trocam olhares confusos.

— Não deixou?

— Quem não deixou o quê?

— Quem quer saber "Quem não deixou o quê?" é Tina, que chega segurando uma caixa grande em uma das mãos e uma pequena na outra. É Camila quem responde...

— O Caio disse que a mãe do Rafa não deixou ele vir.

Tina não dá a menor atenção ao que acaba de ouvir. Ela só perguntou por perguntar.

— Sabia que lá fora me confundiram com você, Nanda? Me deram até os pêsames...

Não é de um jeito arrogante que Tina está falando...

— ... deve ser por causa da minha roupa preta e dos meus óculos escuros. Aliás, você ficou muito bem de preto, Nandinha.

... ela está supercarinhosa com a Nanda e tenta se acomodar entre Nanda e Gute, empurrando Gute um pouco para a ponta do banco de madeira que as três garotas estavam dividindo.

— Desculpa eu ter demorado pra voltar, mas o meu motorista tinha entrado pelo portão errado do cemitério e... enfim, tô de volta... e trouxe duas surpresas.

Tina entrega a caixa maior. Nanda confere sem muito interesse.

— Bombons.

— Sua mãe disse que você não dormiu um segundo e não comeu nada desde ontem.

— Eu não tô com fome.

Quase ofendida, Tina protesta:

— Esses bombons são caríssimos!

Gute protesta, aproveitando para pôr para fora a bronca que ficou por ter sido empurrada no banco.

— Pega leve, Tina.

— Deixa ela me tratar do jeito de sempre, Gute. Assim, eu me sinto um pouco mais normal.

Camila não entende:

— Normal?

— Com esse monte de gente da escola que mal me cumprimenta vindo aqui e me beijando... tô me sentindo em um sonho... quer dizer, uma mistura de sonho e pesadelo...

Depois que diz "pesadelo", Nanda volta a chorar e abraça Tina, que fica triste.

— Vai passar, Nanda...

— Será que vai mesmo?

— ... demora, mas passa. Um dia a saudade vai ficar quieta em algum lugar dentro do seu coração.

Nanda se interessa. Vendo que está agradando, Tina reforça:

— E pensa em uma coisa, Nanda: os velhos morrem antes do que os novos. Se fosse o contrário, se você tivesse morrido...

— Deus me livre!

— ... seria pior. Não digo que seja bom, mas é a ordem natural das coisas.

— É.

— Sua mãe e sua avó vão precisar muito do seu colo, Nanda.

35

Todas estão surpresas com as coisas que Tina acaba de dizer, inclusive a própria Tina. Ela nunca tinha pensado sobre esse assunto. Para quebrar o clima que ela mesma criou, Tina entrega para a Nanda a outra caixa, a menor, que, na verdade, é uma embalagem de óculos.

— Segundo presente.

— Óculos escuros?

E Tina volta a se exibir.

— Os mais chiques que existem!

— Devem ser muito caros.

— Caríssimos... mas dessa vez eu não vou te pedir pra fazer nada...

Tina pensa um pouco.

— ... quer dizer, vou: que você nunca esqueça que tem pelo menos uma amiga que te adora.

Gute é rápida...

— Duas.

Camila, a jato...

— Três.

As quatro garotas se abraçam e trocam beijos.

— Obrigada, Gute, Camila... Obrigada, Tina.

Gute e Camila respondem só com sorrisos. Tina faz questão de ser mais extensa. Enquanto coloca os óculos escuros no rosto de Nanda, ela diz...

— Se eu fosse você, ficava de óculos escuros. Já que você tem que passar por esse momento difícil, que seja do jeito mais chique possível.

Nanda dá um pequeno sorriso enquanto acaba de ajeitar os óculos que Tina tinha colocado em seu rosto.

— Agora, aos chocolates!

— Mas eu não tô com fome, Tina.

Gute insiste...

— Alguma coisa você tem que comer.

Camila sorri, quase maliciosa...

— A gente faz um sacrifício e te ajuda.

— Tá bom.

O primeiro bombom Nanda come com alguma dificuldade. O segundo já desce um pouco mais fácil. Quando Nanda está começando a comer o terceiro, a mãe dela se aproxima.

— Quer um bombom, mãe?

— Não, obrigada, mas fico feliz de saber que você está comendo alguma coisa.

A mãe da Nanda estende a mão para a filha.

— Vem, Nandinha.

— Tá na hora do enterro?

— Está, mas antes o padre vai fazer uma oração para o seu avô e pediu para juntar toda a família.

Com um olhar, Nanda avisa às amigas que já volta, abraça a mãe e sai em direção ao caixão de seu avô.

#CapítuloTrês

— Obrigada, Camila, por você ter me emprestado os seus cadernos no final de semana pra eu copiar a matéria que perdi.

— É o mínimo que eu podia fazer, Nanda.

— Pelo visto, eu não perdi muita coisa.

— Em três dias, não tem tanta matéria assim.

— Meu pai falou que, se precisar, ele pede pra um professor particular me dar aula.

— A gente mesmo te ajuda… não é, Gute?

Gute, que também aproveitou o intervalo entre as aulas para ir até o bebedouro com Nanda e Camila e estava quietinha acompanhando a conversa das duas enquanto trocava mensagens com seu primo, cruza os braços.

— Não sei.

Aquele corredor do colégio nunca foi testemunha de um "Não sei" tão cheio de ciúme! E olha que todos os dias passam muitas ciumentas e muitos ciumentos por ali.

— O que foi, Gute?

— "Foi", Nanda, que eu te conheço há muito mais tempo e, na hora de pedir um favor superimportante, como emprestar cadernos depois que o seu avô morreu, você fala com a Camila. Não, tudo bem.

E Gute finge se concentrar em uma mensagem que "não" acaba de chegar.

– É que a letra da Camila é melhor pra copiar do que a sua, Gute.

O ciúme de Gute evolui para indignação. Ela até aperta o celular na mão, quase destroncando os dedos, antes de continuar seu protesto indignado...

– Minha letra é linda!

– Tá, é linda; mas pra sua letra ficar linda, você deixa ela tão cheia de voltinhas que leva horas pra pessoa entender o que está escrito. Parece até aqueles... aqueles... "fotogramas" japoneses.

A indignação de Gute regride para ignorância.

– Foto... o quê?

Camila, que estava estrategicamente de bico calado desde que Gute mostrou o seu ciúme, corrige...

– Ideograma...

Nanda e Gute olham para Camila, que fica um pouco mais exibida para continuar sua explicação.

– ... o nome certo é ideograma. É assim que chamamos aquelas letras desenhadas, como as japonesas; que são lindas, diga-se de passagem.

Conferindo por cima do ombro de Camila alguém que está vindo pelo corredor, terminando de digitar uma mensagem e indo também em direção ao bebedouro, Gute quer saber...

– E os orientais mestiços lindos, como é que são chamados?

Camila gasta meio segundo para se virar rapidinho e conferir sobre quem Gute está falando. Ela aproveita a outra metade do segundo para se voltar de novo para as amigas e responder ao mesmo tempo.

— Os orientais mestiços lindos são chamados de "gatos".

Gute e Nanda riem da resposta. Guardando o celular no bolso, Caio chega um tanto desconfiado com as risadinhas, mas disfarça.

— Oi, Gute. Oi, Camila. Voltou, Nanda?

É Gute quem tenta derrubar Caio:

— O que é que você acha, Caio: a Nanda voltou ou não?

O tal oriental mestiço lindo não gosta muito da brincadeira de Gute. Pelo visto, a própria Gute parece não ter gostado da brincadeira um tanto quanto sem graça que ela fez. Sem responder à quase grosseria de Gute, Caio continua falando com Nanda...

— Tá tudo em paz?

— Tudo ficando em paz, obrigada.

Caprichando no tom de mistério, Caio diz, como quem não pode dizer...

— Tem alguém que vai gostar de saber que você voltou, Nanda.

Silêncio absoluto. Nanda morde a boca por dentro para tentar colocar no rosto uma expressão de dor que substitua a expressão de profunda curiosidade que ela tem certeza de que está mostrando. Gute e Camila também ficam curiosas (#Curiosíssimas!) com o comentário de Caio. Mais um pouco de silêncio. Caio dá uma risadinha de quem sabe que agradou e continua...

— Posso?

41

Quando pergunta se pode, o garoto está apontando para o bebedouro. As garotas se recuperam da curiosidade, abrem passagem e acompanham Caio curvar um pouco o pescoço para levar a boca até a saída de água do bebedouro. Sede saciada, Caio encara as garotas e quer saber...

— Vocês vão pro acampamento, na semana que vem?

Nanda olha confusa para Camila e Gute. É Camila quem explica à Nanda o conteúdo da pergunta de Caio.

— A próxima série a ir para o acampamento de Ciências na Mata Atlântica fazer estudo de meio é a nossa.

Nanda se anima. E as três respondem. Primeiro Camila...

— Eu vou.

... depois Gute, com um certo ar de pouco-caso...

— Ainda não falei com a minha mãe. Nem sei se ela vai deixar. Acampamento com o pessoal da escola é muito chato.

... e, finalmente, Nanda...

— Eu nem estava sabendo. Acho que vou, sim. Tenho que pedir pros meus pais.

Depois de tantas respostas específicas, Caio generaliza...

— Valeu!

Enquanto Caio se afasta, volta o silêncio entre as garotas. Um silêncio em ebulição, seja lá o que isso signifique...

— Vocês viram como Caio estica o pescoço pra beber água?

Recolhendo a "baba" que está escorrendo pelos cantos da boca de Gute, Camila adverte...

— Muito estranho esse seu jeito, Gute.

Gute sabe muito bem sobre o que Camila está falando.

— Não tenho a menor ideia sobre o que você tá falando, Camila.

Camila também sabe muito bem que Gute sabe muito bem sobre o que ela está falando. Nem seria preciso explicar, mas...

— Você trata o Caio com grosseria na frente dele e, depois...

Claro que Gute concorda totalmente com o que acaba de ouvir.

— Eu?

— Ninguém gosta de ser maltratado, Gute. Ainda mais um gato como o Caio, que tem pelo menos umas trezentas meninas pegando em cada pé dele.

Cada vez mais Gute concorda com o que escuta.

— Por isso mesmo, Camila: eu não quero ser a garota trezentos e um a segurar no pé direito ou esquerdo do Caio.

— Mas esse jeito que você arrumou pra tentar ser a número um pode te levar a lugar nenhum.

— Jeito?

— Maltratar pra conquistar. É a estratégia mais boba que alguém pode usar.

Gute não concorda. Ela acha, sim, que essa é a estratégia mais eficiente, mas a garota não quer entrar em detalhes.

— A gente não devia nem estar perdendo tempo com essa história, tendo um assunto tão importante pra cuidar.

Camila lembra-se do mistério de Caio: "Tem alguém que vai gostar de saber que você voltou, Nanda".

— Sobre quem será que o Caio estava falando?

Nanda está longe, longe...
— Nandinha?
— Oi.
— Ouviu o que a Camila falou?
— Não.

Camila repete a pergunta. Nanda volta a prestar atenção nas duas amigas. Mesmo tendo estado sabe-se lá onde, parece que agora ela ouviu a pergunta de Camila.

— Não faço a menor ideia, Camila.
— Nem eu.
— Nem eu.

O jeito estranho como o Beto 2 chega faz com que Gute e Camila, as donas dos dois últimos "Nem eu", mudem totalmente de opinião. Esse "jeito estranho" do Beto 2 também faz com que Nanda comece a entender sobre quem Caio estava falando, ao mesmo tempo que ela, praticamente, entra em estado de choque.

— Oi.

Se Beto 2 viu Camila e Gute, ninguém nunca saberá. A maneira como ele foca os olhos verdes única e exclusivamente em Nanda e diz o "Oi" só para ela elimina qualquer possibilidade de comunicação entre Gute, Camila e o garoto. Sabendo que, assim como não estão sendo vistas, elas não serão ouvidas, as duas excluídas começam a sussurrar.

— Tá entendendo, Camila?
— Hã-hã.
— E agora?
— Agora? Vem comigo.

Camila pega Gute pelo braço e sai, sem nem respirar para não fazer barulho. Nanda acompanha com os olhos as amigas se afastarem, mas não consegue se mexer. Para Beto 2, é como se as duas nunca tivessem estado ali.

— Oi, Beto.

Beto 2 está estranho.

— Eu vim ver se era verdade.

Nunca Nanda esteve tão perto de Beto 2.

— Verdade?

Nanda também não se lembra de ter visto Beto 2 olhar para ela com tanta atenção.

— O Caio disse que tinha visto você no bebedouro.

— Acho que ele estava enganado.

Achando graça da pequena brincadeira de Nanda, Beto 2 sorri. O aparecimento dos dentes perfeitos e cristalinos + o aumento substancial do brilho dos olhos verdes + as duas covinhas que nascem nos cantos da boca de um dos cinco maiores gatinhos do colégio... tudo isso junto faz o sangue correr com mais rapidez pelo corpo de Nanda. As veias (#CoitadasDasVeias!), que não estavam acostumadas a tanta velocidade, se assustam e demoram a se dilatar para poder dar passagem ao volume um pouco maior do sangue acelerado. Tudo isso — desde o sorriso que Beto 2 abriu até as veias tendo de se reorganizar dentro de Nanda — faz com que a garota perca o domínio de si mesma e sinta uma vertigem, uma pequena tontura. Mas logo passa. Beto 2 nem percebe.

— Por que você não me ligou, Nanda? O assunto é urgente, urgentíssimo!!!!

— Eu...

— Tá, tudo bem. Ninguém mais telefona mesmo... mas não mandar nenhuma mensagem?

Nanda se lembra do pedido de Beto 2 durante o velório de seu avô, sente saudade dele — do avô — e usa essa saudade para deixar que duas lágrimas, de uma emoção que ela não está entendendo muito bem, molhem os seus olhos.

— Desculpa.

A garota pede desculpas pelas duas lágrimas, mas, como elas são imperceptíveis para Beto 2, o garoto pensa que ela está pedindo desculpas por não ter enviado mensagens ou telefonado.

— Você disse que tinha o meu contato... e tudo...

Quando lembra a Nanda que ela disse que tinha o seu contato, é como se Beto 2 estivesse quase implorando... se não um telefonema, pelo menos uma mensagem dela.

— Desculpa.

Agora, sim, Nanda pediu desculpas por não ter escrito ou telefonado.

— No primeiro pedido eu já tinha desculpado.

Nanda resolve ser sincera.

— É que o primeiro pedido de desculpas não foi por isso.

Beto 2 fica intrigado e seus olhos brilham com mais intensidade, se é que isso é possível.

— Não?

Nanda tem de se segurar para manter o equilíbrio.

— É que eu fiquei com saudade do meu avô e achei que você tinha visto que eu quase chorei.

Aumenta ainda mais o brilho nos olhos de Beto 2. Só que agora não é surpresa. São duas lágrimas que não escorrem, mas ensopam os cílios grandes do garoto.

— Saudade dói, né!?

O jeito profundo como Beto 2 faz essa exclamação, que mistura um certo tom de pergunta, bate profundamente no coração de Nanda. É como se o garoto estivesse mostrando que entende do assunto. Nanda pensa em perguntar de quem Beto 2 sente saudade, mas ela não tem tanta intimidade assim com ele. Parece que o próprio Beto 2 quer aumentar essa intimidade.

— Eu sinto a maior saudade do meu pai. Desde que se separou da minha mãe, o cara foi morar do outro lado do mundo. Nós éramos muito ligados, sabe? Agora, a gente só se fala pela internet.

Nanda não sabe o que dizer.

— Eu não sabia que você era filho de pais separados, Beto.

Os olhos de Beto 2 estão mais secos e, pelo visto, o garoto não quer molhá-los de novo. Ele muda de assunto.

— Sabia que eu passei na sua classe, te procurando?

— Não sabia.

— Falei com a Tina.

— Ela não me disse nada.

— Mas é verdade.

— Não tô dizendo que é mentira.

— Sabe que eu tenho um pouco de fama de mentiroso.

— Eu não sabia.

Beto 2 acha estranho.

— A escola inteira sabe.

Mesmo percebendo um certo exibicionismo gratuito no modo de falar do garoto, Nanda não leva esse jeito a sério. Beto 2 é uma daquelas poucas pessoas a quem um pouco de exibicionismo gratuito até que cai bem.

— A escola inteira fala um monte de bobagens, Beto.

— Fala mesmo. Andaram até dizendo que eu estava a fim da Camila, a namorada do Tui, que é tão meu amigo...

Tem uma certa malícia no jeito como Beto 2 introduz na conversa o novo tema: namoro.

— ... Também falam que eu fico com todo mundo...

Nanda, que nunca ficou com ninguém, começa a se sentir ameaçada.

— ... É tudo mentira, viu, Nanda?

A sensação de ameaça começa a ficar desconfortável para Nanda.

— Por que você tá me dizendo tudo isso, Beto 2?

Beto 2 não entende o porquê de Nanda ter falado o número 2 depois do apelido dele. Afinal, identificar os Betos com os números 1 e 2 é uma coisa íntima entre Nanda e suas amigas. Para os outros alunos da escola, os dois Betos são diferenciados pelos seus sobrenomes.

— "Dois"?

Nanda tenta disfarçar, repetindo o que Beto 2 falou.

— "Dois"?

É quase bravo que Beto 2 confirma:

— Você me chamou de Beto 2.

— Engano seu.

— Chamou, sim.

— Desculpa, Beto. É que eu tô confusa.

Beto 2 faz cara de desconfiado, mas lembra que Nanda está sensível e resolve encerrar o assunto.

— Tô ligado.

Sem saber para onde levar a conversa, Nanda pede trégua.

– Não é melhor voltarmos para as nossas classes?

Parece que Beto 2 não concorda com Nanda.

– É?

– Depois a gente se fala.

O garoto se anima.

– No intervalo?

– No intervalo.

– Então, vamos.

– Vamos?

– Nossas classes são uma do lado da outra.

– Vai na frente, Beto. Eu ainda preciso fazer umas coisas aqui.

Beto 2 dá meia risadinha, só com o lado esquerdo da boca. Não há tantas coisas assim para se fazer em um bebedouro.

– Que dispensada, hein?

Depois que Beto 2 sai, Nanda começa a voltar ao normal. Só começa! As ideias que estão passando pela cabeça da garota não a deixam mais ela ser a mesma...

– Não... isso não tá acontecendo... o Beto 2 não me cobrou telefonemas... nem mensagens... ele não chorou na minha frente... ele não...

– *Helloouu*? Nanda?

Tina chegou! Com essa chegada, Nanda volta ao normal completamente.

– Oi, Tina.

— Onde é que você pensa que vai com esse monte de nãos?

Nanda não responde. Ela nem tinha percebido que estava falando e não só pensando.

— Vim te proteger.

— Como assim me proteger?

— As meninas disseram que aquele galinha do Beto 2 estava dando em cima de você.

A frase banho de água fria de Tina faz Nanda estremecer.

— Ele disse que foi me procurar na classe.

Tina fala com a maior naturalidade...

— E foi mesmo, nos três dias que você não veio à escola.

— E por que você não me falou nada?

— Achei que não tinha importância.

Nanda não gosta do que ouve.

— Não era melhor, Tina, você deixar eu mesma resolver o que tem e o que não tem importância pra mim?

Pelo jeito de falar de Nanda, Tina percebe quanto ela gostou da conversa com Beto 2.

— Nandinha, não me diga que você acreditou no Beto 2?

A superioridade de Tina não consegue diminuir em nada a euforia de Nanda.

— Além de me procurar, o Beto 2 cobrou minhas mensagens, tá?

— Ele deve fazer isso com todo mundo.

A cada letra que diz, Nanda fica mais eufórica.

— E se eu te disser que o Beto 2 quer falar comigo na hora do intervalo?

Tina se aborrece.

— *Helloouu*? Nanda? Quer que eu desenhe pra você entender?

A segurança de Tina assusta Nanda e desmonta todo o castelo de euforia que ela estava construindo.

— Entender o quê?

Tina não tenta diminuir em nada o peso do que vai dizer.

— O Beto 2 tá com dó de você.

#CapítuloQuatro

Quase não dá para perceber – por causa da tristeza que ela já estava mostrando pela morte do avô –, mas a conversa com Tina deixou Nanda muito mais triste, mais chateada, mais angustiada... e, provavelmente, com alguns outros adjetivos desagradáveis que ela nem sabe o nome ainda, mas já sente.

Nanda não disse mais nada para Tina, no corredor, nem para Camila e Gute quando voltou para a classe.

O que será que a Nanda tem, Camila?

Não sei, mas é melhor deixar ela quieta, Gute.

Essa mínima mas preocupada conversa, Gute e Camila tiveram por mensagens. Quando Tina chega à classe, Camila e Gute não têm tempo de perguntar para ela o que aconteceu no corredor; a professora de História já entrou na sala. A aula é dupla, e Nanda se mantém pensativa e muda em sua carteira o tempo todo. Toca o sinal para o intervalo e a professora rouba alguns minutos da hora do lanche para terminar de explicar que no Egito Antigo não existia teatro...

— ... as procissões religiosas e as paradas militares eram os maiores espetáculos dessa época da humanidade, 3500 anos antes de Cristo.

Depois, ela ainda faz questão de falar sobre o poderoso rio Nilo e sobre como os espertos egípcios faziam para manter suas plantações.

— ... eles cavavam canais de irrigação que levavam a água do rio até o deserto.

Tina se lembra de uma coisa:

— Professora, lá em Londres, no Museu Britânico, eu vi um monte de pedras egípcias escuras, lisas e enormes. Tinha também algumas urnas, onde eles guardavam as múmias.

Fábio Seixas protesta!

— Vem cá, Tina, será que não dava pra você se exibir outra hora? Eu tô morrendo de fome.

A classe acha graça.

— Eu não tenho culpa se você nunca foi a Londres.

— Nem eu.

O jeito irônico de falar de Fábio Seixas deixa Tina possessa.

— Pobre menino pobre!

— Pobre menina rica!

A classe acha mais graça em Tina ser chamada de "pobre menina rica" do que ela ter chamado Fábio Seixas de "pobre menino pobre". A professora resolve pôr fim ao começo da discussão, porque certamente Tina não vai deixar essa conversa acabar assim.

— Vocês estão dispensados para o intervalo. Ah, no *tablet* de vocês tem uma visita em 3D ao Museum of Egyptian Antiquities, que fica no Cairo e é um dos principais do mundo... e tem também uma biografia interativa de Tutancâmon, o faraó que subiu ao poder com nove anos de idade, procurem ler. Todo mundo sabe o que é "faraó", não sabe?

Ninguém responde. A maioria da classe já saiu para o intervalo, inclusive Tina, que foi a primeira a sair. Só Gute e Camila estão em volta de Nanda, tentando convencer a garota a descer para o pátio.

— ... vão vocês.

— Ah... tá um sol tão gostoso lá fora, Nanda.

Dentro de Nanda está frio. Muito frio.

— Eu prefiro ficar aqui, lendo sobre Tutancâmon.

Pela maneira definitiva como Nanda diz sua última frase, está na cara que ela quer ficar sozinha. Gute faz uma brincadeira...

— E se *alguém* perguntar por você?

O frio dentro de Nanda congela.

— Ninguém vai perguntar.

É nessa hora que um garoto coloca a cabeça para dentro da sala. Uma cabeça com um par de olhos negros, sobrancelhas grossas e uma cabeleira um tanto quanto tumultuada.

— Posso entrar?

Já que ninguém diz nada, o garoto entra e caminha para o fundo da classe, onde estão Nanda, Gute e Camila. Gute sussurra para as amigas...

— Mais um Beto?

Beto 1 está, como sempre, bem atrapalhado e sem saber muito bem onde pôr as mãos.

— E aí?

O cumprimento é para todas, mas só Gute responde, perguntando...

— Tudo bem?

— Vocês não vão descer pro lanche?

Agora, é Camila quem responde:

— Estamos tentando convencer a Nanda a descer.

Parece que Beto 1 gostou do que ouviu.

— Podem ir, eu fico com ela. Posso ficar com você, Nanda?

Nanda continua com os mesmos sentimentos, experimentando *hashtags* com adjetivos desagradáveis — #Triste, #Chateada, #Angustiada –, e não parece nem um pouco animada com o pedido de outro dos cinco gatinhos do colégio.

— Você é quem sabe.

Mesmo percebendo o descaso de Nanda, Beto 1 se joga na carteira em frente a dela, onde senta Gute, que está em pé.

— Quem senta aqui?

— Sou eu.

Assim como fez Beto 2, Beto 1 passa a ignorar totalmente Gute e Camila e com os olhos vasculha o *tablet* de Nanda, sobre a carteira, que está aberto na matéria de História.

— Vocês já tiveram aula de História hoje?

— Hã-hã.

— As últimas duas aulas da minha classe vão ser de História.

Camila cutuca Gute, que entende que o cutucão é um convite para que elas deem o fora.

— A gente tá indo, tá?

Ninguém responde. Gute e Camila saem. Os olhos de Beto 1 pulam do *tablet* para o quadro-branco, na parede, onde a professora deixou um monte de anotações sobre egípcios.

— Como é feia a letra da professora de História, né?

Beto 1 tenta ler o que está escrito no quadro.

— Munific...

Vendo que ele está errando sílabas, Nanda corrige Beto 1:

— *Mumi...* ficação.

O garoto se anima ao máximo com a mínima atenção de Nanda e se vira na cadeira, sentando-se ao contrário, como se a cadeira fosse um cavalo. Agora, Nanda e Beto 1 estão frente a frente.

— Eu já vi um programa sobre isso. É animal! Pra embalsamar as múmias, os caras tiravam todos os órgãos de dentro do defunto...

Nanda continua desinteressada, e não é fingimento.

— É?

— ... o cérebro sai pelos buracos do nariz...

É claro que Beto 1 percebe o desinteresse de Nanda.

— ... tá achando nojento o que eu tô falando?

— Um pouco.

Pelo jeito como Nanda responde, não precisaria nem Beto 1 perguntar, mas ele quer confirmar. Tanto que a pergunta sai mais como se fosse uma exclamação, quase um lamento...

— Tô te incomodando!?

— Não, Beto. É que eu faltei alguns dias na escola e queria aproveitar o intervalo pra estudar.

Quase não cabe na cabeça de Beto 1 ser tão esnobado. Isso nunca aconteceu antes. Ele lembra o porquê de Nanda ter faltado, e lembra mais: quanto ele achou a garota interessante durante o velório do avô. Nanda aproveita o silêncio que fica — enquanto Beto 1 pensa essas duas coisas — para colar os olhos nos hieróglifos desenhados. Beto 1 se interessa e também confere a imagem da tela.

— O que quer dizer esse monte de desenhos?

— É o sistema egípcio de escrita por meio de imagens.

Beto 1 se espicha sobre a carteira para ler o hipertexto aberto no *tablet*, onde Nanda "tenta" estudar.

— Hi-e-ró-gli-fos...

O perfume do garoto chega até Nanda, e ela gosta do cheiro que sente.

— ... palavra difícil, hein?

Nessa hora, passa pela cabeça de Nanda que os povos mais antigos do mundo, como os egípcios, os japoneses, os chineses, escrevem com desenhos.

— Tá me ouvindo, Nanda?

Não, ela não estava.

— Eu perguntei: como você tá?

A pergunta de Beto 1 irrita Nanda.

— Eu não quero mais falar sobre esse assunto.

Beto 1 se ofende.

— Por que não?

59

A segunda pergunta deixa Nanda ainda mais irritada.

— Eu não preciso que nem você nem o Beto 2... quer dizer, o outro Beto fique com dó de mim porque o meu avô morreu.

O garoto que está entendendo muito pouco (#QuaseNada!) do desabafo de Nanda se interessa muito mais em saber que o Beto 2, provavelmente, também deve ter ido falar com ela, do que com essa história de dó porque o avô de Nanda morreu.

— O Beto veio falar com você?

A garota não responde. Beto 1 fica afobado.

— Que papo é esse de dó, Nanda?

— Nada, não.

Depois de ficar em silêncio por uns três segundos, Beto 1, finalmente, diz a que veio.

— Eu sei que você não quer falar do seu avô, mas eu tenho que dizer uma coisa. Você sabe que eu não sou de enrolar, não sabe?

Não, Nanda não sabia! Beto 1 continua...

— Você estava a maior gata no velório...

— Beto.

— ... mais quieta... mais calma... com o olhar mais sério... toda vestida de preto...

— Para, Beto!

Beto 1 não dá a menor bola para a advertência de Nanda. Ele sabe muito bem que, na maioria dos casos, o "Para, Beto!" que as garotas dizem quer dizer exatamente o contrário: para ele continuar.

— Eu fiquei *superafim* de você, Nanda.

Sem saber o que fazer, Nanda confere com mais atenção, no *tablet*, alguns dos sinais que representam as letras na escrita egípcia: a coruja, o filhote de codorna, o abutre egípcio.

"Nossa! Como tem pássaros entre os hieróglifos egípcios!"

Mesmo fazendo algum esforço, Nanda não consegue resistir por muito tempo não prestar atenção na conversa de Beto 1.

– Você tá ficando com alguém, Nanda?

Nanda se lembra dos olhos do outro Beto, das lágrimas inundando os cílios do garoto, e sente saudade dele.

– Hein, Nanda?

"E agora? O que eu faço? Nunca passei por isso antes!"

– Se você não estiver ficando com ninguém, quer ficar comigo?

Nanda não sabe o que dizer, e diz o pior...

– Assim?

Beto 1 não sabe como entender o que ela disse.

– Como assim, "assim"?

– Você não tá sendo muito direto?

– O que você queria? Cena de *A. L. X. 438*?

Trata-se do seriado adolescente de amor mais bombado na internet, no momento. O A é de amor e o L, de Love... o X, ninguém sabe o que é... e o número 438, muito menos. É um seriado bem maluco, mas o elenco é lindo e engraçado! E tem muitas cenas de amor, claro! A cada episódio, é contada uma história cheia de reviravoltas e que nunca acaba do jeito que ninguém espera. Parece mais um jogo de erros, onde as pistas (mais erradas do que certas!) vão aparecendo durante o episódio só para confundir quem assiste.

— Eu nem vejo esse seriado, Beto!

O que Nanda disse é mentira. Ela adora o seriado, mesmo nunca tendo conseguido acertar um final. Talvez, até por isso a garota não perde um episódio!

O que Beto 1 ouviu, deixa o garoto um pouco envergonhado.

— Nem eu.

Outra mentira. Beto 1 também adora. E quase sempre acerta o final.

— Então, por que você falou sobre o *A. L. X. 438*?

— Não é preciso assistir pra saber que lá tem um monte de cenas melosas de amor e etc. E aí? Fica comigo?

Silêncio absoluto. Beto 1 começa a ficar desconfiado...

— Você tá ficando com alguém e não quer me dizer, né?

— Só porque eu não quero ficar com você, não significa que eu tô ficando com alguém.

Tomando ao pé da letra o que Nanda disse, Beto 1 entende tudo como um sonoro não.

— A resposta é *não*?

Como Nanda está confusa!

— Eu não disse isso.

— Disse, sim: "só porque eu não quero ficar com você...". Isso, pra mim, é não.

— Mas, pra mim, não é.

— É o que, então?

— É um exemplo...
— Exemplo negativo.
— ... pra mostrar quanto você é exibido.

Em vez de se ofender, Beto 1 toma o que falou Nanda como um elogio e sorri.

— E isso é crime?

É impossível Nanda não retribuir o sorriso. Mas também é impossível ela não comparar o sorriso de Beto 1 com o sorriso de Beto 2. Os dentes de Beto 1 são perfeitos, mas ele não faz covinhas ao sorrir.

"Ponto para Beto 2!"

Quando pensa assim, em forma de *ranking*, sobre dois dos meninos mais bonitos do colégio, Nanda se sente um pouco exibida.

— Não, não é crime, mas é meio pedante.

Beto 1 acha ainda mais graça pela maneira como Nanda o está tratando.

— Pedante... exibido... público de *A. L. X. 438*, o que mais de ruim eu sou?

— Quem falou em *A. L. X. 438* foi você.

— Que menina enrolada!

— Então, por que você quer ficar comigo?

— Não sei.

— Não sabe?

— Essas coisas a gente não explica...

Pela primeira vez Nanda olha para Beto 1 sem tentar se proteger dele.

— ... a gente quer e pronto.

Nanda pensa em confirmar o que o garoto disse com um sorriso, mas não tem tempo. O cheiro do perfume, depois o olhar, depois a boca de Beto 1 vão chegando perto de Nanda. E ela não consegue dizer nada nem fazer nada, a não ser esperar que a boca de Beto 1 chegue até a sua boca – que se abre quase automaticamente – e feche-a com um beijo. Nanda começa a ver flutuar na sua frente umas imagens bem esquisitas: o filhote de codorna... o abutre egípcio... uma coruja bem enigmática... Espera aí, são as imagens dos hieróglifos no hipertexto do *tablet*? Sim, são!

"Uma coruja, uma codorna e um abutre?"

"Isso é coisa para se ver quando se ganha o primeiro beijo na boca da vida?"

"Isso é que é beijar: ficar pensando em hieróglifos egípcios?"

Nanda pensou que fosse ver estrelas, ouvir sinfonia de passarinhos... será que é porque ela foi pega desprevenida? Pode ser! Onde se encaixa aquele monte de coisas sobre beijo que ela tem lido e anotado na agenda secreta, nos cantos do diário e no bloco de anotações do celular, desde que se entende por gente?

"Como será que a gente fica sabendo a hora de um beijo acabar?"

Nanda não sabe como responder a essa pergunta, mas o beijo vai terminando. Devagar. E ela vai tirando a boca da boca de Beto 1, afastando a cabeça para trás e abrindo os olhos. Quando termina de abrir os olhos, Nanda quase cai para trás! Quem está ali do lado, a menos de dois passos, acompanhando cada detalhe do final do beijo, e

que deve ter acompanhado também os detalhes do beijo propriamente dito?
— Be-Beto?
Trata-se do outro Beto: Beto 2. A expressão de tristeza — tristeza que umedece outra vez os cílios do garoto, diga-se de passagem — que Nanda vê desenhada no rosto de Beto 2 faz o mundo da garota desmoronar. Ela se sente perdida para sempre, como se tivesse feito a pior entre as piores coisas de sua vida.
— Foi por isso que você não desceu para o intervalo?
Como dói em Nanda a pergunta de Beto 2 e a maneira um tanto decepcionada como ele a faz! O tamanho da culpa que Nanda sente é indescritível. E ela não fez nada, a não ser receber o beijo de Beto 1. Por falar nele, quando Beto 1 percebe o olhar de quase desespero e culpa de Nanda + a expressão de profunda tristeza e decepção no rosto de Beto 2... ele entende imediatamente que está em perigo. Não faz parte da natureza dos gatos ficar muito tempo em perigo, ele precisa ser rápido. Depois de arrumar a camiseta do uniforme, que ficou meio torta no corpo com a espichada que ele deu para chegar até Nanda, Beto 1 estende a mão para Beto 2 e diz...
— Ganhei a aposta...
"Aposta?"
— ... beijei a Nanda primeiro.
Aparentemente sem entender muito bem o que está fazendo, Beto 2 aceita o cumprimento do xará, enquanto sentimentos ainda mais desagradáveis começam a brotar no coração de Nanda. Ela está se sentindo um pouco *hamster*, um pouco chimpanzé e um pouco qualquer outro

ser vivo que já tenha servido de cobaia. Usando a agilidade do *hamster*, Nanda sai correndo da sala para que nenhum dos Betos — os terríveis apostadores do seu primeiro beijo! — veja que ela está chorando.

#CapítuloCinco

> Cá!

> Oi Nan!

> Tá ocupada?

> Indo pra praia.

> É urgente?

> Urgente, urgentíssimo!

> Então, fala... tô supercuriosa.

> É pra ficar mesmo...

Nanda digitando...

Nanda digitando...

> Cá!

> Tô aqui.

> É que você deixou de ficar *on-line* aqui...

> Que estranho! Fala logo...

> Como tá aí na praia?

> Legal... Saudade...

> Você devia ter vindo comigo.

> Minha mãe não deixou.

> Para de enrolar, menina. Fala.

> Desculpe por ontem, na escola.

> Não entendi nada, nem a Gute.

> Nem eu entendi.

Aqueles olhos vermelhos...

... e não querer falar...

... e querer ir embora uma aula mais cedo...

Não era só por causa do seu avô, era?

> Tô mais sensível por causa dele...

> mas era outra coisa...

> ... é sobre isso que eu quero falar.

Fala logo... tô ficando aflita.

> ... várias coisas.

Começa por alguma...

por favor...

> Você falou coisas tão lindas sobre o seu primeiro beijo com o Tui.

VOCÊ BEIJOU????????

Nanda digitando...

VOCÊ BEIJOU NA SEXTA E NÃO ME FALOU NADA?

Nanda digitando...

O BEEETO? QUAAAL????

> Paaaaara... deixa eu falar...

Você só fica digitando... digitando... digitando...

> O teclado... tá meio estranho...

> Deixa eu falar do meu jeito?

Desculpa, foi a empolgação.

Camila digitando...

... não foi só o primeiro beijo com o Tui que foi lindo...

Camila digitando...

... todos os outros também.

... você beijou mesmo?

Beijei...

Mais ou menos...

Não existe mais ou menos pra beijo.

Quem você beijou?

Beto 1...

... e não gostei.

Ele é o maior gatiiiinho!!!

Mas não aconteceu nada.

Nada o quê?

Eu continuei pensando no que eu estava pensando antes de ele me beijar...

... nos egípcios antigos.

Durante o beijo?

Hã-hã...

... o que você pensa durante o beijo?

!

Nanda digitando...

!

Nanda digitando...

Tá vendo? Então, vc não pensa nada...

... tem alguma coisa muito errada comigo, Camila.

Calma, Nanda!

Como é que eu vou ficar calma???

Onde foi o beijo?

Na boca.

Não, tô perguntando onde vc estava.

> Aquela hora que o Beto 1 entrou na sala...

> ... ele me falou um monte de coisas...

Coisas?

> !!!!!!

Naaaaanda!

> Aquela hora que o Beto 1 entrou na sala, ele me falou um monte de coisas...

Você já escreveu isso!

> Aquela hora que o Beto 1 entrou na sala, ele me falou um monte de coisas...

O que tá acontecendo, Nanda?

Nanda digitando...

Nanda?

Nanda digitando...

Não tô te acompanhando mais...

O celular na mão de Camila começa a vibrar e a tocar. A foto de Nanda aparece na tela: está chegando uma chamada de vídeo dela. Camila desliza o dedo para atender a ligação.

— Oi!

— *Desculpa ter te ligado três vezes. Eu não estava conseguindo mais digitar, acho que eu travei o aplicativo, de tanta aflição...*

— Três? Só tocou uma vez.

— *Deixa pra lá.*

Nanda escuta a voz da mãe de Camila chamando para sair.

— *Tô te atrapalhando, Camila?*

Um pouco sem jeito, Camila sorri e diz...

— ... é que nós estamos indo pra praia.

Nanda está tão sensível, mas tão sensível... que, mesmo Camila tendo tomado o maior cuidado ao dizer que estava de saída para a praia e em nenhum momento ter deixado parecer que interromperia a conversa para sair, mesmo assim, ela se ofende...

— *Ah... tá... Então, boa praia, Camila!*

... e desliga o celular, sem ouvir o que Camila está dizendo. Mal ela coloca o celular no criado-mudo, chega uma mensagem de Tina.

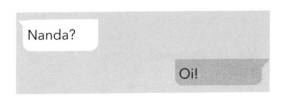

O tom mandão de Tina está incomodando Nanda de um jeito diferente.

Que estranho! Mesmo sendo só mensagem de texto, Nanda ouve a voz mandona de Tina um tanto quanto indignada ao fazer essa pergunta.

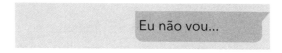

Antes de continuar, Nanda respira fundo!

Nanda não está acreditando na sequência dos últimos acontecimentos: em um pouco mais de vinte e quatro horas, ela beijou na boca pela primeira vez – um beijo meio esquisito, mas beijou! –, virou cobaia de dois gatos, teve coragem de enfrentar a Tina e tentou colocar para fora o turbilhão de coisas que está sentindo por causa de tudo o que aconteceu. Isso, sem falar nas coisas que ela sentiu quando viu os olhos de Beto 2 se encherem de lágrimas.

"É muita coisa!"

É!

"Tô muito caótica?"

Essa pergunta Nanda faz a si mesma, só em pensamento, enquanto se confere no espelho, que continua apoiado na parede do seu quarto desde que ele se soltou da porta do armário. Com a morte de um avô em uma família, quem é que vai se preocupar em prender de novo um espelho em um armário? Ninguém.

"Tô muito caótica."

Quando transforma a pergunta em afirmação, Nanda já está chorando.

"... meu rosto tá parecendo um labirinto."

Na verdade, Nanda está exagerando um pouco. O rosto dela não está parecendo um labirinto. Pode ser que dentro da sua cabeça esteja tudo desarranjado e com jeito de labirinto, mas o rosto continua o da mesma garota.

"... se pelo menos eu tivesse..."

O que faz Nanda parar a sua frase na primeira pessoa do subjuntivo do verbo "ter" é o bipe de seu celular acusando a chegada de uma mensagem de voz, o que é raro.

"Nem tocou!"

A surpresa é tanta, que Nanda até troca os dígitos da senha do celular!

"... é 7-3 e não 3-7..."

Finalmente, ela entra na caixa postal... tecla a senha de novo... e escuta...

"Tem uma nova mensagem na sua caixa postal. Para ouvir, digite um."

Nanda põe o celular no viva voz, para ouvir melhor.

"Oi, Nanda. Desculpa por eu não ter entendido direito o quanto você tá precisando falar comigo e obrigada por você ter me escolhido pra te ouvir, já que a Gute e a Tina estão em São Paulo e eu não. Claro que eu não entendi nada do que você falou, e nem você deve estar entendendo. E é claro, também, que você deve estar querendo dizer muito mais do que você disse. Eu volto amanhã de noite. Assim que chegar, eu te ligo. Te adoro. Beijo."

A mensagem que recebe de Camila, mesmo não tendo as respostas ou as saídas que ela queria, tem um efeito positivo sobre Nanda; faz com que ela perceba que existe uma pessoa que, mesmo estando longe, em uma praia, sabe da aflição que ela está sentindo e se preocupa com isso. Quando percebe que não está mais tão sozinha assim no mundo, Nanda consegue se acalmar.

"Ufa! Que alívio."

#CapítuloSeis

A conversa que Nanda queria ter com Camila, no domingo à noite, não pôde acontecer. A tempestade que caiu sobre a cidade fez com que uma não pudesse ligar para a outra. Isso porque a mãe de Nanda não a deixou ficar pendurada no celular – nem pra trocar mensagens? Não! – por causa dos raios e trovões...

– Mas precisa chover, mãe! A água do planeta tá acabando...

– Tudo bem, mas você não precisa morrer com um raio por causa disso, Nandinha!

Desde que o avô de Nanda morreu, sua mãe está cada vez com mais medo que todo mundo de que ela gosta morra. Nanda acha que é exagero, mas a mãe dela está tão triste e se mostrando tão desprotegida, que a garota acha melhor nem criar mais caso.

– Tá bom! Tá bom! Só vou enviar uma mensagem!

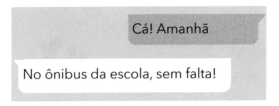

— Eu disse *uma* mensagem, Nandinha!
— Tá, já vou.

No dia seguinte, mal Nanda entra no ônibus e encontra Camila, ele para em frente ao prédio de sua quase vizinha, Rita Schimidit...
— Vamos lá pro fundo do ônibus, Camila. Eu não quero que a Rita escute nossa conversa.
— Tá legal.
Nanda e Camila estranham: quando entrou no ônibus, Rita Schimidit fingiu que não viu as duas e, com a maior cara de vilã de seriado, ficou sentada lá na frente, junto com o Fábio Seixas.
— Escapamos!

Depois de baterem as palmas das mãos para comemorar terem escapado de Rita Schimidit, Nanda abraça e beija Camila.

— É muito bom ter você no ônibus do colégio, Camila.

Camila protesta:

— Eu pensei que você ia falar que é muito bom me ter como amiga.

— Amiga você sempre foi, Cá.

— Tem razão. Tomara que o meu pai possa continuar pagando o ônibus nos outros meses também. Eu já não aguentava mais chegar atrasada à aula todos os dias.

Como não sabe o que dizer, Nanda fica quieta. É Camila quem continua:

— Você tá incomodada com o beijo ou com a aposta dos garotos?

A pergunta de Camila traz ao rosto de Nanda a expressão de dramaticidade que ela estava tentando evitar...

— Primeiro, eu fiquei incomodada por causa da aposta; segundo, por eu ter beijado o Beto 1 e não o Beto 2... e terceiro... ah... porque eu não senti nada com o beijo...

— Se você preferia ter beijado o Beto 2, não deveria ligar de não ter gostado do beijo do Beto 1.

— Mas e a aposta?

Camila se aborrece um pouco.

— Desculpe, Nanda, você não acha que tá exagerando, não?

!

— Não era você mesma quem ia fazer um sorteio pra escolher qual menino beijar na festa do Caio?

– Como você sabe?

Quando responde, Camila fala quase para dentro, quase sem falar...

– A Gute me disse.

– Que fofoqueira!

– Você sabe que a Gute não é fofoqueira.

– Então, por que ela te contou isso?

!

– Fala, Camila.

Como Camila não responde e o ônibus está a uma quadra e meia da escola, Nanda resolve pular essa parte da conversa.

– O que você tá achando de tudo isso, Camila?

– Você quer que eu seja sincera ou simpática?

– Eu queria que você fosse simpática...

– Você tá certíssima...

– ... mas eu preciso que você seja sincera.

– ... então, você tá totalmente errada.

– Fala logo, Cá. A gente tá quase chegando.

– Dois dos cinco gatinhos disputando você... Por falar em gatinhos, olha só quem tá estacionado no portão do colégio.

Trata-se de um dos gatinhos: Beto 2.

– Parece que ele tá conferindo a chegada dos ônibus.

E está mesmo! Quando vê dentro do ônibus que acaba de chegar quem ele esperava – Nanda! –, Beto 2 vai até perto da janela onde ela está. Aproximando e afastando o dedo indicador da mão direita da boca três vezes, Beto 2 deixa claro para Nanda que quer falar com ela. Nanda sente um arrepio!

— O que será que ele quer?

Camila percebe que Nanda ficou incomodada (#Incomodadíssima!) ao ver Beto 2 plantado na porta do colégio. E percebe mais: precisa dar força para a amiga, mas de um jeito que ela não se sinta pressionada.

— Só tem um jeito de você saber, Nandinha...

Mesmo com o jeito de falar de Camila, Nanda entende o que ela quer dizer e, quando desce do ônibus, vai até Beto 2.

— Quer falar comigo?

Beto 2 está surpreso com a maneira calma (#Quase-Fria!) como Nanda fez essa pergunta enxuta.

— Eu estava te esperando.

Ao repetir o que já tinha perguntado, Nanda acrescenta o pronome de tratamento "você", talvez para a pergunta ficar mais objetiva.

— Você quer falar comigo?

Achando um pouco estranhas a frieza e a objetividade da garota, parece que Beto 2 fica em dúvida se quer mesmo falar com Nanda.

— Posso?

— Se quer falar comigo, por que não mandou uma mensagem?

O novo "golpe de direita" de Nanda deixa Beto 2 mais confuso!

— Não era coisa de se dizer por mensagem... Posso falar?

O silêncio de Nanda equivale a um sim para Beto 2 e ele começa a falar, mas de um jeito diferente de como vinha falando até aquele momento: o garoto fala devagar e com cuidado, como se fosse um motoqueiro que vem a toda velocidade, percebe algum obstáculo no caminho e, além de desacelerar, tem de mudar um pouco a rota.

– Eu queria te pedir desculpas, se eu atrapalhei alguma coisa entre você e o Beto, na sexta-feira...

"Onde será que ele quer chegar?"

– ... eu não sabia que vocês estavam ficando.

"Quem foi que disse que eu tô ficando com o Beto 1?"

– Você tá ligada que o meu lance com você é só amizade, não tá?

"Só amizade? Eu não estava ligada em coisa nenhuma. Tô ficando, tô ligada... Quantos tôs!"

– Sabe o que é? Depois que o seu avô morreu, eu comecei a te achar um pouco diferente das outras meninas...

"Diferente?"

– ... melhor...

"Melhor por que o meu avô morreu?"

– ... mais calma...

"Sobre o que será que ele está falando agora? Ai, como ele é lindo!"

– ... não sei explicar direito...

"Dá pra perceber."

– ... só sei, Nanda, que se você quiser, e se o Beto 1 não achar ruim, eu quero ser seu amigo.

Como se ela fosse uma flor a quem alguém tirou do pé, Nanda murcha um pouco. As coisas que Beto 2 está dizendo não estão combinando muito com o que Nanda esperava ouvir. Deve ser por isso que a garota está quietinha esse tempo todo, só escutando... e pensando... pensando...

"E a aposta?"

Parece que Beto 2 está ouvindo os pensamentos da Nanda.

— Aquela coisa da aposta, o Beto deve ter te explicado, né?

"Explicado o quê?"

— ... que era brincadeira dele, eu não tenho nada com isso...

"Brincadeira? Que brincadeira boba!"

— ... não explicou?

"Explicou quando, se aconteceu na sexta e hoje ainda é segunda? Claro que o Beto 1 não me explicou nada."

— Explicou, sim, Beto.

Beto 2 faz cara de aliviado.

— Ainda bem. Posso ser seu amigo?

A pergunta de Beto 2 + o jeito meio tímido como ele fala + o brilho dos olhos verdes que aumentam + as covinhas que aparecem nos cantos da boca do garoto... tudo isso ao mesmo tempo faz Nanda quase escorregar, mas ela disfarça.

— Claro que pode.

— Então, valeu. Deixa eu ir. O Beto tá vindo aí.

Beto 1 chega. Os Betos trocam cumprimentos de mãos cheios de detalhes e Beto 2 sai. Beto 1 está um tanto quanto intrigado.

— O que é que esse cara queria com você, de novo?

Nunca, desde que ela nasceu até agora, alguém tinha falado com Nanda nesse tom. Ela já tinha ouvido frases parecidas com essa, ditas da maneira como o Beto 1 falou, em várias bocas: na boca dos galãs das novelas (sim! Nanda assiste às novelas!), dos seriados (óbvio que ela também assiste!), dos filmes (idem! Idem!), e, nessas situações, a frase podia ter uma ou outra palavra diferente, mas o conteúdo era sempre o mesmo e o significado também: um namorado estava cobrando uma satisfação da namorada. Concluir isso deixa Nanda um tanto arrepiada. Ela não tem a menor ideia do porquê de Beto 1 estar falando assim com ela.

— O Beto queria me pedir desculpas.

E mais: Nanda não tem a menor ideia do porquê de ter respondido a essa pergunta do mesmo jeito como a protagonista da novela... a mocinha do seriado... ou a estrela de cinema...

— Tô ligado.

"Bem desconfiado o jeito dele falar. Desconfiado! Autoritário! Enciumado! E um pouco arrogante!"

Nanda esperava não gostar nem um pouco dos quatro adjetivos que ela percebeu na maneira de falar do Beto 1, mas gostou.

— Eu não quero você falando com o Beto, Nanda.

!

— Nem com o Alê.

!!

— Nem com o Rafa.

!!!

— E muito menos com o Caio.

Em vez de aparecer uma quarta exclamação na expressão do rosto de Nanda e ela continuar quietinha como estava, a garota resolve responder, ou melhor, perguntar...

— Posso saber por quê?

— Porque eu tenho ciúme deles.

— Posso continuar sabendo por quê?

— Porque eles são tão bonitos quanto eu.

Pela primeira vez, Nanda tem coragem de comparar os cinco gatinhos em sua cabeça; e lá, dentro da cabeça, ela é obrigada a discordar de Beto 1, pelo menos em uma coisa...

"... o Beto 1 é o mais bonito dos cinco gatinhos."

Outra coisa chama a atenção de Nanda: dentro da desconfiança, do autoritarismo, do ciúme e da arrogância de Beto 1, ela percebe uma sinceridade que a incomoda.

— Você tá enganado.

— Tô?

— Você é mais bonito do que eles.

Beto 1 estranha a afirmação. Nanda também estranha, mas menos do que o garoto.

— Você acha isso de verdade...

Mesmo com a lembrança das covinhas de Beto 2 fazendo Nanda suspirar, ela diz...

— Acho.

— ... ou está me enrolando?

Nanda acha graça.

— Tá rindo do quê?

— Eu não tô rindo.

— Tá, sim.

— Tô sorrindo.
— E qual é a diferença?
— A risada pode ser uma gozação... o sorriso, não.
— Não?
— É quase uma comemoração.

Mesmo que isso possa parecer absurdo — porque eles são muito desligados para detalhes —, um garoto sempre percebe quando uma garota está sendo mais esperta do que ele.

— Espertinha.
— Obrigada.
— Aonde a gente vai agora?
"Como assim 'a gente'?"
— Pra lanchonete? Ou pro pátio...?
"E as aulas?"
— ... ainda faltam cinco minutos para o primeiro sinal.
— Eu vou pra classe, Beto. Preciso conferir a lição de casa.
— Tá me trocando pelos egípcios antigos?

Fazendo um olhar enigmático, Nanda chega mais perto de Beto 1 e fala de um jeito tão misterioso, mas tão misterioso, que quase não dá para ele entender...

— A lição é de Matemática.

... e ela sai andando para dentro do colégio, movida por um estranho combustível: uma certa superioridade que nem imaginava ter. Superioridade que foi despertada pelo jeito como ela foi tratada por Beto 1...

"... Falou como se eu fosse dele, sabe?"

Na verdade, Nanda não "sai andando"; ela sai é deslizando, quase flutuando. Parece que não são os pés dela que se movimentam, e sim o chão que escorre sob os seus tênis, fazendo chegar até os pés o piso de pedra do corredor, as escadas de granito, o piso de pedra do segundo andar e, finalmente, o piso de madeira da classe onde Nanda estuda.

"Onde será que foi parar o meu peso?"

Quando Nanda se senta em sua carteira, é como se um tapete voador estivesse aterrissando leve e suavemente.

— *Helloouu*? Nanda?

Nanda até ouve o *"Helloouu?"* de Tina, mas não tem a menor vontade de responder. E não responde.

— Oi, Nan...

Assim como Nanda não responde ao "Oi, Nan"... de Gute nem...

— O que é que o Beto 2 queria?

... à pergunta de Camila. As vozes das amigas não conseguem chegar ao lugar onde foram parar a atenção e o entendimento de Nanda.

"Parece que eu tô em um labirinto de ar."

Só o que rompe a barreira entre Nanda e o mundo exterior é o desagradável e ameaçador tom de voz de Rita Schimidit.

— A gente precisa ter uma conversinha no intervalo, Nanda...

Rita Schimidit usou a palavra "conversa" no diminutivo para deixar ainda mais claro que o assunto é delicado.

— ... uma conversinha muito séria.

#CapítuloSete

— É assim...

"Sobre o que será que a Rita tá falando?"

— ... é assim que a gente fica sabendo...

"Pra que usar essa voz de choro?"

— ... quem é amiga de verdade.

"Se bem que no meio da voz de choro tem misturado um certo tom de raiva."

— Eu fui ao velório do seu avô, que é uma coisa superdifícil pra mim.

"Ninguém te convidou."

— Te dei a maior força...

"Força?"

— ... e, na primeira oportunidade, você me "alpunhala" pelas costas.

— Apunhala!

— O quê?

— Você disse "alpunhala" e a palavra certa é "apunhala".

— É que eu tô nervosa.

"Tá bom."

— Muito nervosa.

"Hã-hã."

— Posso saber por que você não diz nada?

— Eu acabei de dizer que não é "alpunhala" que se fala, lembra?

— Mas não é sobre isso que eu vim conversar com você.

"Tô começando a ficar com medo!"

— Então, será que você poderia me dizer sobre o que nós estamos conversando? Até agora eu não entendi.

— Para de ser irônica, Nanda.

— Tô sendo sincera: na hora da entrada, você foi até a minha classe e disse que queria falar comigo no intervalo.

— E eu queria mesmo.

— Nós já estamos quase no meio do intervalo e até agora, nada.

— Eu te chamei pra falar sobre amizade.

"Qual amizade?"

— Sobre fidelidade à amizade.

Nanda não está mais aguentando tanta enrolação.

— Rita, por favor, dá um exemplo, pra ver se eu entendo.

— Tá bom: eu vou dar nome aos bois...

Rita Schimidit respira fundo, tira da voz todos os sons de choro e, no lugar deles, capricha nos sons de raiva.

— ... quer dizer, nome ao gato.

"Ah! Tô começando a entender..."

— Você tá cansada de saber que eu sou superafim do Beto que você tá ficando, não é?

— Eu não sabia.

— Todo mundo sabe.

"Por que é que aqui, na minha escola, todo mundo sempre acha que todo mundo sabe tudo sobre tudo?"

— Nem todo mundo, Rita.

— Agora, você já sabe.

O olhar de Rita Schimidit piora, vira quase uma metralhadora e ela pergunta, como se lançasse uma rajada sobre Nanda:

— Desde quando você tá a fim do Beto, Nanda?

— O que é que isso tem a ver?

Nanda poderia ter dado a Rita Schimidit qualquer resposta, pouco importaria. Rita Schimidit já estava com a continuação de sua encenação na ponta da língua.

— Pois fique sabendo, Nandinha... que eu sou *superafim* do Beto desde setembro do ano passado. Só que aí aparece você... toda triste porque o seu avô morreu, e rouba o garoto de mim.

Soa muito mal para Nanda ouvir Rita Schimidit colocar a morte de seu avô no circo sem nexo que ela está armando, mais até do que Rita Schimidit estar insinuando que Nanda teria roubado alguém dela.

— Deixa o meu avô fora disso.

— Eu estava quase conquistando o Beto.

"Duvido!"

— Agora, ele não fala em outra coisa a não ser em você... você... e você.

"Ah! Ele só fala em mim, é? Eu não sabia."

— Você tá exagerando, Rita.

— Talvez um pouco, mas não totalmente.

A barriga de Nanda começa a roncar.

— Eu preciso tomar lanche.

— Mas também precisa me ouvir.

— Eu já ouvi.

— Ainda falta o principal: para de dar em cima do Beto.

— Eu não fiz nada.

Soltando uma gargalhada, Rita Schimidit mostra o quanto está nervosa.

— Tá querendo dizer que foi ele quem deu em cima de você?

"Roubar? Dar em cima? Isso são frases que uma garota da nossa idade diga pra outra dentro de uma escola?"

— Você não acabou de dizer que o Beto não para de falar em mim?

— Não tem nada a ver uma coisa com a outra.

— Não seja ridícula, Rita.

— O Beto *nunca* daria em cima de uma menina como você.

Nanda não entende, mas também não quer entender.

— Terminou, Rita?

Rita Schimidit fica insegura.

— Não.

Ela ainda não quer liberar Nanda, mas não tem mais o que dizer.

— Então, termine, por favor.

— Você vai para o acampamento de Ciências, na sexta-feira?

É claro que Nanda vai. Já está tudo combinado: a mãe dela já deixou; a Camila, a Tina e até a Gute, que não queria ir e mudou de ideia, vão estar lá.

— Ainda não sei, Rita.

— Tomara que você não vá ao acampamento...

Nanda fica bem confusa com o tom de voz de Rita Schimidit.

— ... e, se você for, azar o seu!

Nunca alguém tinha falado com Nanda com tanto... ciúme. Ela até sente um arrepio quando vê uma nuvem de fumaça escura se formar em volta de Rita Schimidit, enquanto ela começa a se afastar.

Logo à frente, Rita encontra Beto 1. E como sempre faz quando o encontra, ela saca o celular, aciona a câmera fotográfica, inverte o foco, para ao lado dele, estica o braço e...

— *Selfiiiiie!*

Selfie que ela publica imediatamente. "Agora sim", pensa a garota enquanto se afasta de vez.

Beto 1, que está mais do que acostumado com o sucesso, vai ainda mais pavão em direção à Nanda, que acompanhou a tietagem entendendo que a última frase de Rita era mais uma ameaça do que uma manifestação de ciúme.

— Eu te procurei pela escola inteira, Nanda.

A chegada de Beto 1 faz Nanda esquecer Rita Schimidit. Quer dizer, não totalmente — está difícil esquecer a formação daquela nuvem escura —, mas, pelo menos, faz com que Nanda deixe de lado a sensação estranha que sentiu com sua ameaça.

"Quer dizer que você não para de falar em mim, é, Beto 1?"

— Por que você tá me olhando assim, Nanda?

— Nada, não.

— Onde é que você estava?

"Com essa cara de bravo, o Beto 1 fica ainda mais gatinho."

— Primeiro, Beto, eu fui até Júpiter... depois, resolvi dar uma volta pelos anéis de Saturno... aí...

— Se você vai ficar com gracinhas, Nanda, nós não vamos dar certo.

Nanda se aborrece.

— Você não acha que está faltando alguma coisa, não, Beto?

— Faltando o quê?

— Nas duas vezes que nós nos vimos hoje, você me deu bronca... me tratou como se eu fosse um bichinho de estimação... e agora tá me ameaçando...

— E daí?

— O que é que você tá pensando?

Beto pensa um pouco antes de responder.

— Pensando sobre o quê?

— Tá todo mundo dizendo que a gente tá ficando.

— E nós não estamos?

— Você nunca me perguntou se eu queria ficar com você.

— E precisa?

— Claro que precisa.

— Mas tá tão na cara!

Nanda fica sem graça.

— Que menino exibido!

Beto 1 continua...

— Se liga! Aquele beijo de sexta disse tudo.

— Não concordo.

— Você não precisa concordar.

— Claro que preciso.

— Já sei, Nanda.

— Sabe o quê?

— Eu já sei o que tá acontecendo com você.

— Então, me explica.

— Você nunca ficou com ninguém. Tem que se acostumar... é assim mesmo: uma garota é quase como um bichinho de estimação pra um garoto. Ainda mais pra um garoto como eu.

Se Beto 1 tivesse dito o que disse de um jeito mais arrogante ou mais autoritário ou mais exibido, Nanda teria ficado brava ou irritada ou indignada. Mas, a maneira como ele falou foi tão sincera que ela ficou sem jeito de ficar brava, de se irritar ou de se indignar. Nanda só sorri. Beto 1 devolve o sorriso, antes de perguntar...

— Agora, você tá rindo de mim ou tá sorrindo pra mim?

Nanda fica mais sem graça e isso faz com que ela sorria um pouco mais. Beto 1 arrisca um palpite...

— Acho que é um sorriso...

A maneira docemente escorregadia como Beto 1 deslizou essa frase para fora de sua boca deixa Nanda ainda mais desconcertada.

— ... agora, eu tenho certeza: é um sorriso.

— Para, Beto.

— Parar o quê?

— De me tratar assim.

— Assim como?

Não sabendo como explicar, Nanda fica quieta.

— Você é engraçada, né?

— Engraçada?

— Se eu falo bravo, você fica brava.

— Claro que fico.

— Se eu falo macio, você também fica brava. Daria pra você entrar em um acordo com você mesma?

Agora, Nanda sorri aliviada. Tanto com o jeito quase carinhoso que Beto 1 usou para falar quanto com o que ela está começando a sentir.

"Que sensação esquisita."

É como se com aquela conversa Nanda estivesse colocando Beto 1 em um lugar confortável dentro do coração dela. Um lugar confortável e também agradável, diferente de onde ele estava, até então.

— É que eu não tô acostumada com o seu jeito, Beto.

— Nem eu.

Pela cara de Nanda, ela não entendeu. Beto 1 explica...

— Eu também não tô acostumado com o meu jeito. Eu mudo muito de jeito, sabe? Minha mãe falou que é por causa da puberdade.

A barriga de Nanda ronca novamente. Dessa vez, um tanto quanto alto. Beto 1 faz cara de susto.

— Que som é esse?

Nanda fica um pouco envergonhada.

— É a minha barriga.

— Pensei que fosse... outra coisa...

Beto 1 ia acabar a frase dizendo "um pum", mas achou melhor deixar no ar. Nanda...

— Eu tô morrendo de fome.

— Quer que eu te pague um lanche?

Agora é Nanda quem faz cara de susto. Nunca um garoto pagou um lanche para ela.

— Não precisa, eu tenho dinheiro.

— Tá me dispensando.

Não, não faltou um ponto de interrogação na última frase de Beto 1. O garoto não fez uma pergunta. Ele afirmou mesmo.

— Só tô dizendo que eu também tenho dinheiro, pelo menos pra comprar um lanche.

— Posso ir com você até a lanchonete?

O pedido de Beto 1 faz Nanda sentir um arrepio.

"De novo esse arrepio? Será que eu tô doente?"

Pensando um pouco mais sobre o arrepio, Nanda entende que não se trata de doença: é um arrepio de medo. É bastante intrigada que ela responde...

— Pode, sim.

Nanda e Beto 1 seguem pelo pátio em direção à cantina.

— Ainda bem que você não quis que eu te pagasse o lanche.

— Por quê?

— Sobra mais dinheiro pra eu comprar chocolates pra gente levar pro acampamento, na sexta-feira.

Quando Beto 1 fala sobre ele e Nanda como "a gente", como se eles formassem algo que é uma coisa só, a garota fica ainda mais sem jeito.

— Você também vai, Beto?
— Óbvio. Você queria que eu não fosse?
— Não é isso...
É nesse momento que Nanda dá uma engasgada.
— O que foi?
— Nada.

Beto 1 pensa que aquela engasgada tem alguma coisa a ver com o que ele acaba de dizer. Isso deixa o garoto muito intrigado.

— Você não vai pro acampamento?
— Vou.
— Você não gosta de chocolate?
— Claro que gosto.
— Então, será que dá pra você me dizer o que foi?
— Não foi nada. Só me engasguei com a saliva.
— Se engasgou com saliva?
— Já passou.

Mesmo achando um pouco estranho, Beto 1 dá o assunto por encerrado. Mas dentro de Nanda, ela continua pensando na lembrança que a fez engasgar. Foi a ameaça de Rita Schimidit...

"Tomara que você não vá ao acampamento... e, se você for, azar o seu!"

#CapítuloOito

Tem horas que só o texto não resolve, é preciso olhar nos olhos da outra pessoa.

Alguns segundos depois, Nanda e Gute estão se vendo pelas telas dos celulares.

– Eu estava fazendo a mala pro acampamento...

Tem alguma coisa errada com Gute. A voz dela...

– ... que voz úmida, Gute!

– É.

... não é só a voz que está úmida. Os olhos dela estão molhados. Nanda estranha. Ultimamente, quem anda chorando pelos cantos, pelas mensagens de texto, pelas chamadas telefônicas e chats é ela: Nanda!

– Você tá chorando, Gu?

Gute, que estava tentando segurar o choro, desaba.

– Estava, não, estou. E, pelos meus cálculos, vou continuar chorando pra sempre.

– Calma.

– Eu não sei mais o que é calma.

"Como é dramática!"

– O que foi que o Pisco fez dessa vez?

– Não foi o meu irmão. Sou eu.

– Você o quê?

Depois de suspirar profundamente, Gute solta o que para ela é uma bomba.

– Eu não "cabo" em mais nada...

Gute deixa de lado o tom de choro por alguns instantes para tirar uma dúvida prática:

– ... é "cabo" ou "caibo" que se diz?

Nanda pensa um pouco.

– Acho que é "caibo"... Palavra feia, né?

— *Horrível!*

Dúvida prática desfeita, Gute lembra-se de sua dor, recupera o choro e volta a falar com voz de quem está sentindo o mundo desabar.

— *Tô aqui, tentando fazer a minha mala, e todas as mangas estão curtas... todas as saias estão justas... nenhuma calça fecha... nenhum tênis me serve... Quando é que eu vou parar de crescer?*

Nanda pensa... pensa... e, como não consegue ter uma ideia de como ajudar Gute, arrisca um palpite.

— Quando você terminar de crescer.

— *Hã?*

— Você não perguntou quando vai parar de crescer? Então, quando você terminar de crescer... de se desenvolver...

— *Não era pra responder.*

"Então, por que ela perguntou?"

— Desculpa, Gute. Foi sem querer.

Gute percebe que está sendo infantil, mas quer ter certeza.

— *Tô sendo muito infantil?*

Só depois de encontrar um tom bem carinhoso para sua resposta é que Nanda fala...

— Tá quase ridícula.

Gargalhadas. Primeiro, do lado de Gute; depois, do lado de Nanda.

— *O que é que eu faço, Nandinha?*

Nanda toma todo cuidado do mundo com o que vai dizer. Sabe que tocará em um ponto de vista ainda mais delicado do assunto que elas vinham conversando.

— Se nós fôssemos do mesmo tamanho, Gute...
— Se eu não estivesse engordando sete gramas por hora, você quer dizer, né?
— ... eu poderia te emprestar algumas roupas.
— Aposto que suas roupas estão até um pouco folgadas pra você.
"Gute tem razão."
— Eu ainda não recuperei os dois quilos que perdi, depois da morte do meu avô.

Falar sobre o avô dá um certo aperto na garganta de Nanda. Faz tempo que ela não toca nesse assunto com as amigas e, em casa, tem feito de tudo para confortar a mãe e não ficar mostrando para ela o quanto também está triste.

— Se eu fosse você, eu nem recuperaria esses quilos. Você tá fazendo o maior sucesso...

Nanda dá uma risadinha bem tímida.

— ... ou não está?

Mais uma risadinha.

— Só você ter pegado aquele gato do Beto 1...
— Não fala assim.
— Assim, como?
— "Pegado". Fica parecendo o vocabulário da Rita Schimidit.
— Mas você pegou o Beto 1, Nanda.
"As coisas não são bem assim!"
— As coisas não são bem assim, Gute.
— Não?
"Falo ou não falo?"

– Como são as coisas, então?

"Melhor não falar."

– Depois a gente conversa, Gute.

– Você anda tão misteriosa!

"Ando, é?"

– Meio quieta, sabe?

"Será que mais alguém notou?"

– Tá todo mundo comentando.

Nanda fica supercuriosa.

– Comentando o quê?

Usando o mesmo tom de voz de Nanda, Gute devolve a frase da amiga.

– Depois a gente conversa, Nanda. Agora, me dá uma ideia do que eu faço. Se eu não conseguir pelo menos oito trocas de roupas, eu não vou para o acampamento coisa nenhuma.

– Oito trocas de roupas?

– Eu fiz as contas: uma pra chegar... outra pro lanche... uma pra ficar lá até a hora do jantar...

– Espera! Espera! Espera! A gente não vai pra um navio.

– Não entendi.

– A minha avó já viajou de navio e ela me disse que nos navios é o maior desfile de modas.

– Nos acampamentos também.

– Você tá lembrada que a gente vai pro acampamento pra estudar?

– Você sabe muito bem que não é só pra estudar... Já sei: vou ligar pra Tina.

— Boa ideia.
— *Ela deve ter um monte de roupas que me sirvam. Depois eu te ligo. Beijo.*
— Beijo.

Enquanto Nanda desconecta Gute, o celular dela acusa uma mensagem.

> Vou ter que levar três malas.

Como sempre, Tina nunca inicia uma conversa pelo começo.

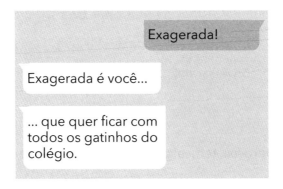

"Esse assunto de novo: ficar!"

"Espera aí: tem algo de profundo na pergunta de Tina..."

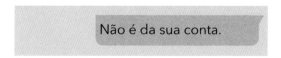

"... muito mais do que curiosidade feminina."

Mesmo assim eu quero saber.

O que a Gute não podia ter me contado?

Tina digitando...

Tina digitando...

O que tanto você digita?

Eu falei pra Gute e pra Camila que nenhuma de nós três ia te falar, por enquanto...

... pra EU poder te falar antes do que elas.

Se é assustar Nanda o que Tina quer, ela está conseguindo!

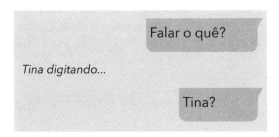

Falar o quê?

Tina digitando...

Tina?

Chega uma mensagem de Camila para Nanda.

Nan?

Nanda responde para Tina, quer dizer, para a mãe de Tina...

... e para Camila...

... volta para a conversa com a mãe de Tina...

Nanda volta a escrever para Camila:

Camila não entende.

Nanda não está disposta a explicar nada. Na verdade, nem tem o que explicar.

Há muito tempo Nanda não se sentia tão aflita.

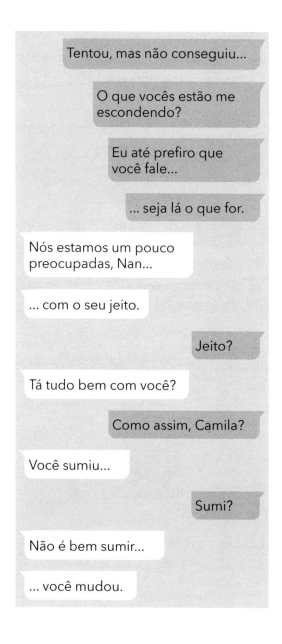

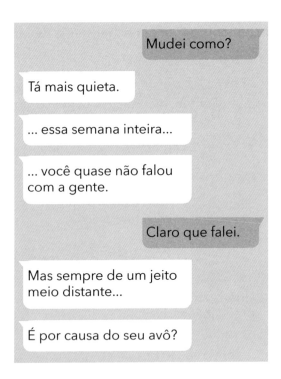

Nanda pensa um pouco: cada dia mais ela sente saudade do avô.

Não que seja pouco sentir saudade de um avô que morreu, mas tem mais coisas, ou melhor, mais uma coisa.

Claro que Nanda sabe que não.

Em vez de falar, Nanda começa a pensar: no espelho de seu quarto caindo sem quebrar...

"#OQueSeráQueIssoQuerDizer?"

... no coordenador entrando na sala e chamando o nome dela...

"Pegue seu material e venha comigo, Nanda. Hoje você vai ter de ir embora mais cedo, infelizmente."

... em Caio dando os pêsames e falando sobre como os budistas encaram a morte...

"Mas é sempre bom saber que existem outros jeitos de ver a mesma coisa... Pode não resolver, mas ajuda."

... no Beto 2 chegando ao bebedouro...
"Eu vim ver se era verdade... O Caio disse que tinha visto você no bebedouro."

Nanda?

... nas páginas onde estava aberto o livro de História, quando Beto 1 começou a beijar Nanda...
"Nossa! Como tem pássaros entre os hieróglifos egípcios!"

Nanda?

... na ameaça de Rita...
"Tomara que você não vá ao acampamento... e, se você for, azar o seu!"

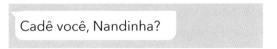
Cadê você, Nandinha?

Nanda volta a prestar totalmente atenção na conversa com Camila.

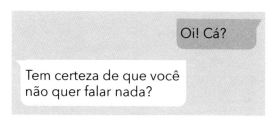

Ao contrário: Nanda tem certeza de que quer falar, sim.

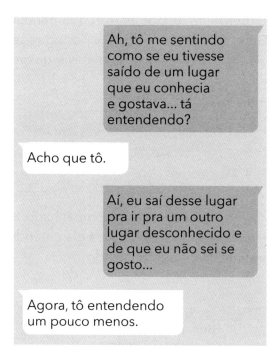

Camila não pode ver, afinal elas estão trocando mensagens, mas ela tem certeza de que Nanda está chorando.

Nanda se lembra do que Gute respondeu, quando ela fez essa pergunta, e, por incrível que pareça, uma das frases de Gute, só que sem o erro de português e em outro contexto, se encaixa direitinho no que Nanda quer dizer.

> Eu não caibo em mais nada.

Mesmo se Camila tivesse acompanhado a conversa entre Gute e Nanda, seria difícil para ela entender sobre o que, exatamente, Nanda está falando.

> Beijar, ficar, ter que aguentar o ciúme das outras...

Ufa! Agora, Camila começa a entender.

> Nada está sendo do jeito que eu sonhei, Cá.

Acaba de cair totalmente a ficha de Camila e ela entende o porquê da insatisfação de Nanda — ou, pelo menos, acha que entende.

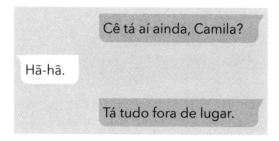

Nanda não vê, mas Camila dá uma risadinha, antes de escrever:

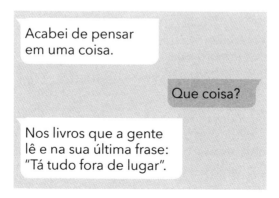

> O que é que tem a ver uma coisa com a outra?

Nos livros, nas séries, nos filmes, até nos *videogames*...

... tudo aparece na nossa frente e na nossa vida com começo, meio e fim...

... tudo amarradinho e com resposta no final.

> E aí?

Aí chega a vida real, do jeito que ela é, do jeito que ela tem que ser...

Camila digitando...

e a gente fica esperando que as coisas sejam amarradinhas...

Camila digitando...

... em ordem...

Camila digitando...

... com todas as respostas prontas.

Nanda se assusta!

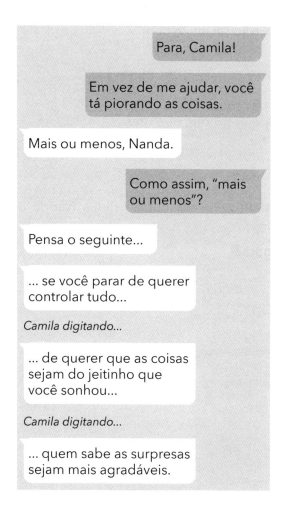

É muito mais assustada que Nanda quer saber:

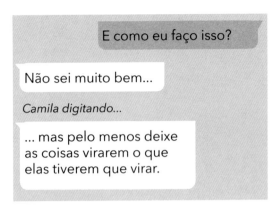

A última frase de Camila deixa Nanda ainda mais confusa.

"E agora?"

#CapítuloNove

O acampamento do colégio de Nanda fica no alto de uma serra, no meio da Mata Atlântica; ou do pouco que ainda resta da Mata Atlântica: menos de 10%!

É um sítio rústico, com todas as construções de madeira escura. Por "todas as construções" entenda-se um galpão com três salas de aula, dois laboratórios de Ciências superequipados, um refeitório com mesas coletivas enormes e uma varanda gigante para os alunos ficarem se divertindo entre as aulas práticas de Ciências, que é o motivo pelo qual eles vão ao acampamento. Na varanda, há aparelho de som, Smart TV, três computadores ligados à internet e almofadas (#MuitasAlmofadas!) espalhadas pelo chão de madeira.

Além do coordenador de série, dos professores de Ciências e dos seguranças, um grupo de monitores de uma empresa de viagens ecológicas acompanha o grupo de alunos que vai ao acampamento, porque no sítio dá para fazer esportes ecológicos e radicais como *rafting* (descer o rio que corta o sítio em botes infláveis e curtindo as cachoeiras), caminhadas e arvorismo (um tipo de *playground* gigante com obstáculos radicais entre uma árvore e outra).

Geralmente, as classes vão para o acampamento na sexta-feira à noite, têm aula prática de Ciências nas manhãs de sábado até o começo da tarde e depois, até a hora do almoço de domingo, alunos, professores, seguranças e monitores ficam hospedados no sítio, curtindo a natureza.

O acampamento tem também piscina, quadra poliesportiva e dois galpões com dez quartos cada um. Em cada quarto, seis camas. Cada galpão fica de um lado do galpão maior – onde estão as salas de aula, laboratórios etc.; em um galpão se hospedam os meninos e, no outro, as meninas.

A disciplina vale nota e as regras, super-rígidas, fazem parte do material impresso que pais e alunos recebem do colégio no começo do ano. Mesmo assim, antes de saírem para o acampamento, há uma reunião com pais e alunos na qual as regras são recapituladas, e, quando os alunos chegam ao acampamento, o coordenador da série, enquanto relembra a rotina de atividades do final de semana, faz linha-dura e cara feia na hora em que vai reforçar os principais pontos das regras.

– Meninos no alojamento das meninas e meninas no alojamento dos meninos é absolutamente proibido. Se alguém for pego desrespeitando essa regra, é perda total.

Todos os alunos sabem muito bem que "perda total" é o que dizem as companhias de seguro sobre os carros que bateram e não terão chance de recuperação. Os alunos sabem melhor ainda que o coordenador usa essa cláusula de contrato de seguro de automóveis como uma espécie de gíria para dizer que quem for pego desobedecendo a essa e outras das regras mais importantes volta para casa imediatamente e ainda tem pontos descontados na nota.

— Por falar em pontos descontados, quando o relógio do meu celular marcar dez horas da noite, quem estiver fora do quarto, fora da cama, fora do pijama e fora do sonho perde dois pontos na nota.

Protesto geral! Depois de dar um sorriso para lá de irônico, o coordenador reforça...

— Quem protestar por causa de alguma regra perde um ponto...

Fábio Seixas parece não levar a sério a advertência.

— Mas é muito cedo, *psor*!

O coordenador continua...

— ... como o Fábio Seixas, que acaba de perder um ponto. E você sabe que eu detesto que me chamem de "psor", Fábio! Eu nem sou seu professor!

Silêncio absoluto! E o coordenador prossegue...

— Posso continuar?

Todos balançam a cabeça, tentando dizer que sim. Quem é que vai discordar?

— O café da manhã é às sete. A aula começa às oito. Às seis e meia, um dos professores toca o sino despertando todo mundo... Ah, hoje o jantar será servido às oito e quinze. Amanhã, às oito. Alguém tem alguma dúvida até aqui?

Rita Schimidit tem.

— Qual é a sua dúvida, Rita Schimidit?

— Tá supercalor, *coordenador*...

— Até aí, tudo bem.

— ... é supercedo...

O coordenador consulta o relógio do celular.

— Sim, ainda está cedo.

— ... será que a gente pode tomar um banho de piscina, antes de dormir?

Euforia geral! O coordenador é mais uma vez definitivo...

— Não.

Ninguém se atreve a protestar. Só Rita Schimidit faz cara feia. E o coordenador...

— Se você tivesse lido as regras do acampamento ou tivesse prestado atenção na explicação que eu dei aos seus pais e a você durante a reunião, saberia que a piscina e a quadra só podem ser usadas amanhã, sábado, das quatro às cinco e meia; e no domingo, das nove e meia às onze...

Rita Schimidit tenta deixar ainda mais feia a sua cara, que até que é bem bonitinha.

— ... entendeu, Rita Schimidit?

Enquanto balança a cabeça concordando que sim, uma ideia passa a animar Rita Schimidit. Ideia que ela cochicha no ouvido de Tina, que está ao seu lado, enquanto o coordenador volta às regras do final de semana. Tina arregala os olhos um tanto quanto interessada e as duas não ouvem a pergunta de Sandra Perez, só a resposta que o coordenador dá...

— Vamos fazer um reconhecimento dos ecossistemas da Mata Atlântica, observar as principais espécies próprias desse tipo de floresta... e mais algumas surpresas, Sandra.

Mesmo parecendo meio óbvio o que tinha sido perguntado, Tina não entendeu muito bem a resposta do coordenador e pergunta à Nanda, que está ao seu lado, quase cochichando...

— O que foi que perguntaram?

É também cochichando que Nanda responde:

— A Sandra Perez perguntou o que nós vamos estudar amanhã.

— Como é puxa-saco!

Ainda cochichando, agora é Nanda quem quer saber...

— O que foi que a Rita Schimidt falou no seu ouvido?

É bem misteriosa a expressão que Nanda vê se desenhar no rosto de Tina.

— Uma coisa terrível... e deliciosa!

Nanda fica intrigada! (#MuitoIntrigada!)

— Eu tenho alguma coisa a ver com isso?

Tina abre um sorriso enigmático e não tem tempo de responder à pergunta de Nanda. O coordenador percebeu o cochicho.

— Nanda e Tina, vocês terão muito tempo pra conversar, depois que eu terminar.

— Desculpa!

Depois de sorrir para Nanda — o que mostra que ele aceitou o pedido de desculpas —, o coordenador volta a falar com voz e com jeito de coordenador...

— Vocês já são todos bem grandinhos e sabem que no mato pode ter cobras, aranhas, isso pra dizer o mínimo. Não quero ninguém se afastando de onde estiverem os outros alunos, nem que seja para ver um disco voador. Onde houver alunos, haverá sempre pelo menos dois professores ou subcoordenadores de plantão, fora os seguranças do acampamento.

Chega uma mensagem no celular do coordenador. Ele se empolga e pensa em responder. Mas, depois de pensar um pouco mais, guarda o celular no bolso e continua...

— Em todas as dependências do acampamento há protetores contra insetos ligados às tomadas rentes ao chão... Ah! Ir pra mata ou pro rio, só em nossa companhia.

Priscila Figueiredo quer saber se o rio é perigoso...

— ... tipo assim, fundo, sabe, *pso*... quer dizer, *coordenador*?

Antes de responder, o coordenador pensa um pouco...

— Viver é perigoso, Priscila. O rio é vida. Agora, chega. Podem se dividir em grupos de seis e ir para os quartos, deixar as mochilas... Daqui a pouco é hora do jantar.

Alvoroço geral. Mais do que depressa, Rita Schimidit pega na mão de Tina, que estranha um pouco a atitude premeditada.

— Nós vamos ficar juntas, no mesmo quarto, não vamos, Tina?

Tina, que nunca foi boba, além de saber muito bem que Rita Schimidit não está nada amiga de Nanda (por causa do Beto 1 etc.), sabe também que no gesto e na pergunta de Rita Schimidit há muito mais do que uma pegada de mão e um convite de uma amiga para compartilhar o quarto do acampamento, tem um teste de forças. Rita Schimidit está desafiando Tina a mostrar se ela, Rita Schimidit, pode mesmo confiar nela, Tina.

Antes da resposta de Tina, muito mais ingênua, Gute — que não vai muito com a cara de Rita Schimidit — se intromete:

— Mas, Tina, nós não tínhamos combinado que íamos ficar eu, você, a Camila, a Nanda e as *Twins*?

Detalhe: twins é como se diz "gêmeas" em inglês; e *Twins* é como a escola inteira se refere às irmãs (#GêmeasÓbvio!) Luísa Mendes Prado e Larissa Mendes Prado.

Pela cara de Tina, Rita Schimidit desconfia que Gute está mentindo. Mesmo assim, resolve mostrar o seu protesto...

— Aquelas chatas?

Quando Rita Schimidit vê Luísa e Larissa se aproximando com suas mochilas, ela entende que sua desconfiança era só porque ela é mesmo desconfiada. Larissa, a mais falante das gêmeas, é quem diz, representando as duas...

— Oiê? O que a gente combinou tá valendo, não tá?

Larissa faz essa pergunta focando as quatro meninas — Tina, Nanda, Gute e Camila — e ignorando totalmente a presença de Rita Schimidit, que insiste com Tina, um tanto quanto misteriosa...

— Se você ficar no meu quarto, as coisas vão ficar mais fáceis pra nós, Tina... Ou será que você já desistiu?

Rita Schimidit é muito talentosa para suspenses! O clima que ela conseguiu criar com sua pergunta fez os olhos de todas as garotas presentes — menos os dela e os de Tina, claro! — quase saltarem para fora de tanta curiosidade. Parece que elas combinaram: depois de quase ficarem sem seus olhos, Camila, Nanda, Gute, Larissa e Luísa olharam imediatamente para Tina, talvez esperando que, com a resposta dela, conseguissem saber o que Rita Schimidit estava falando. O tom de Tina e de Rita Schimidit enquanto conversam deixa claro que elas estão armando um plano. As duas falam quase sussurrando, mas com volume suficiente para que as outras meninas possam ouvir; daquele jeito de falar típico de quem está querendo se exibir.

— Você sabe muito bem que eu não desisto assim tão fácil de nada.

Cinco a três para Rita Schimidit!

– Então, vem dormir no meu quarto.

Mas Tina tem uma ideia melhor.

– Se nós estivermos em quartos separados, nosso plano só vai ficar mais perigoso, Rita; o risco será maior, não acha?

Fica claro por sua expressão que Rita Schimidt não concorda com Tina, mas fica mais claro ainda que a última coisa que ela fará é dar o braço a torcer.

– Acho.

E Tina continua...

– Durante o jantar a gente combina os detalhes. Agora eu vou pro quarto. Senão, vou ficar sem cabides pra pendurar a minha roupa... e eu trouxe muuuuita$ roupa$$$$!

As sete garotas vão caminhando para o alojamento das meninas. Quando chegam ao corredor, Rita Schimidt vai para um quarto e as outras seis vão para outro. Gute, que sabe muito bem do que Tina é capaz, dá um jeito de caminhar ao lado dela, enquanto escolhem as camas.

– O que é que você e a Rita Schimidt estão aprontando, Tina?

– Nada...

– Fala sério.

– ... nada que te interesse.

Gute se assusta.

– É alguma coisa que ponha alguém em perigo?

Tina pensa um pouco, antes de responder...

– Não...

... depois de pensar um pouco mais, ela continua:

– ... acho que não.

Gute teme pela amiga, a quem conhece muito bem.

– Veja lá o que vocês vão fazer, Tina.

– Deixa comigo.

Em dois minutos, cada uma das garotas escolhe a sua cama – Larissa e Luísa brigaram um pouquinho para ver quem é que ficaria mais perto da janela –; mais dois minutos e toca o sino, anunciando a hora do jantar.

– Eu encontro vocês no refeitório.

É Tina quem fala que encontrará as outras no refeitório. O começo da frase ela diz ainda do quarto; o final, já do corredor. Larissa diz que está morrendo de fome, Luísa concorda e as duas vão atrás de Tina.

Enquanto caminha com Gute e Nanda em direção ao refeitório, Camila mostra o quanto está intrigada...

– Eu achei a Tina tão estranha.

Gute, além de intrigada, está preocupada.

– Da última vez que eu vi a Tina assim, ela estava a um milímetro de fazer uma grande besteira.

Está estampado no rosto de Camila que ela não entendeu. Gute resume...

– Lembra, Camila? No começo, quando a Tina não ia com a sua cara...

– Se me lembro!

– ... uma das piores coisas que ela fez contra você foi tentar misturar a um esmalte que ela ia te dar alguns produtos que ela tinha *pegado* da aula de laboratório de Química.

Camila se assusta!

– Eu nunca soube disso!

Nanda se lembra dos detalhes dessa época...

— Mas já passou, Camila, fica tranquila.

E, como se estivesse concluindo e falando ao mesmo tempo, Gute vai mostrando até onde estão indo as suas ideias...

— Passou a raiva que a Tina tinha da Camila...

O susto de Camila levanta voo...

— ... mas não a raiva que a Rita Schimidit está sentindo de você, Nandinha.

... e vai aterrissar dentro de Nanda.

— Você tá me assustando, Gute.

Quando vai continuar falando, Gute mostra o quanto também está assustada.

— Nós temos que ficar espertas.

Camila está confusa.

— Mas, Gute, a Tina é nossa amiga. Você acha que ela ia fazer alguma coisa contra a Nanda?

— Sinceramente? Do jeito como a Tina gosta de emoções fortes, acho que ela é bem capaz, sim, de ajudar a Rita Schimidit a aprontar alguma contra a Nanda.

Nanda sente um pequeno arrepio e uma grande tristeza.

— Será?

Gute não tem coragem de repetir o que disse, mas continua achando as coisas que falou.

A chegada de Beto 1 interrompe o clima de suspense, pelo menos aparentemente.

— E aí?

Ninguém responde ao "E aí?" de Beto 1. Ele fica inseguro...

— Será que dá pra alguém responder?

As três garotas acham graça do jeito meio carente de Beto 1 falar.

— Vocês estão rindo ou sorrindo?

Camila e Gute não entendem. Nanda tenta explicar para as amigas.

— É uma brincadeira da gente...

Agora, Camila e Gute entendem! E sorriem maliciosas.

— Coisas de casal!

Nanda se assusta quando Beto 1 diz "Coisas de casal!". Gute dá o braço a Camila.

— Vem comigo, Camila, vamos deixar o *casal* em paz.

Depois que Camila e Gute saem, mesmo já sendo um pouco tarde para essa reação, Nanda faz cara de brava para Beto 1.

— Beto!

— O que foi que eu fiz?

— Ficar falando assim, "casal".

— E nós não somos um casal mesmo?

A tranquilidade com que Beto 1 fala esse tipo de coisa deixa Nanda ainda mais confusa.

— Chamar de casal é coisa de adultos.

— Como você é enrolada, Nanda.

Depois da bronca que dá em Nanda, Beto 1 a deixa sozinha. Mais confusa ainda, Nanda vai atrás dele.

— Espera!

Beto 1 espera.

— Desculpa, Beto.

Mesmo um pouco confuso, Beto 1 responde...

— Desculpo.

Mas Nanda percebe a falta de convicção na voz de Beto 1 quando ele disse que a desculpava.

— Vamos jantar, vai, Nandinha, antes que a sua barriga comece a roncar.

— Para, Beto...

Quando Beto 1 e Nanda entram no refeitório, já estão quase todos sentados. Nanda começa a andar na direção da mesa onde Camila e Gute estão sentadas. Beto 1, que já tinha escolhido outra mesa, do outro lado do refeitório — onde estão alguns dos seus melhores amigos —, puxa Nanda pelo braço. Ela não entende o puxão.

— Vamos sentar com a Gute e a Camila.

É bastante mal-humorado que Beto 1 protesta:

— Com a Camila, a Gute... e o Beto, você quer dizer.

Só agora Nanda percebe que Beto 2 — e suas covinhas e seus olhos verdes... — está sentado à mesma mesa que suas melhores amigas.

— Eu não tinha visto o Beto.

É claro que Beto 1 não acredita...

— Aham, me engana que eu gosto.

... mais claro ainda que de nada adiantará qualquer desculpa de Nanda, talvez seja por isso que ela fica quieta e vai se sentar com Beto 1 à mesa que ele tinha escolhido.

"Melhor não criar caso."

Se Nanda gosta muito pouco (#OuNada!) da desconfiança de Beto 1, ela gosta menos ainda da maneira como está sendo tratada por ele.

"O Beto 1 tá cada vez mais chato!"

O jantar é tranquilo. Depois do jantar, a maioria dos alunos, o coordenador, os professores, os seguranças e os monitores se espalham pelas almofadas da varanda. Alguns ouvem música. Outros ouvem música e batem papo. Outros só batem papo. Outros leem livros... jogam em *videogames* portáteis... trocam mensagens com os amigos e a família – ligações externas de voz ou de vídeo estão proibidas. Beto 1 lidera um grupo de alunos que pede permissão ao coordenador e coloca almofadas na grama fora da varanda, se deita e fica conferindo o céu superestrelado...

#Wow!
#QueCéu!

... e o sono vai chegando... as bocas vão se abrindo... os olhos começam a coçar... as luzes vão se apagando... e em pouco tempo, exatamente como o coordenador tinha orientado, estão todos em seus quartos, deitados em suas camas, dentro de seus pijamas, mergulhados tranquilamente em seus sonhos. "Tranquilamente", pelo menos até a hora em que já está começando a amanhecer e todos escutam o primeiro grito de socorro.

– *Socorro!*

Antes do segundo grito, as luzes de todos os quartos já estão acesas.

– *Socorro!*

Quando escutam o terceiro grito, ninguém mais está dormindo.

– *Socorro!*

#CapítuloDez

— Socorro!

Mais de cem pijamas, camisolas e celulares se atropelam por corredores e pela entrada dos galpões onde ficam os quartos.

— Socorro... Soc...

Dentro dos pijamas e das camisolas, é claro, estão os garotos, as garotas, seus medos, suas curiosidades, suas dúvidas... Os celulares estão prontos para o que der e vier...

— O que aconteceu?

— ... orro... Socor...

— Com quem aconteceu?

— ... ro... Soc...

— Como aconteceu?

— ... orro... Socorro!

... até que alguém identifica.

— Tem alguém se afogando... A voz é de menina... e vem lá de baixo.

Assim que completa sua teoria, Fábio Seixas aponta para o lado onde fica o rio e sai em direção para onde apontou.

Todos os pijamas, camisolas, celulares e seus donos vão atrás dele. Alguns professores, monitores e seguranças também estão misturados ao grupo. As gêmeas Luísa e Larissa Mendes Prado estão de mãos dadas e assustadíssimas.

— Ainda bem que você tá aqui, Lu.

— Você também, Lá.

Agora que todo mundo está entendendo o que está acontecendo, os celulares começam a pipocar fotos... e vídeos... e mensagens de texto para os amigos que ficaram de fora do passeio.

— *Socooor... Soc...*

— Você viu as meninas?

Existem dezenas de meninas circulando em volta delas, mas com "as meninas" é claro que Larissa está querendo dizer: Tina, Nanda, Gute e Camila.

— Quando fui te acordar, acho que elas já tinham saído do quarto. Se eu não me engano, ouvi a voz da Camila me chamando e saindo correndo... ah... não sei... tô meio confusa...

Quando chegam à beira do rio, as *Twins* têm dificuldade de ver o que está acontecendo; elas foram quase as últimas a chegar. Mas Camila, Gute e Nanda, que foram praticamente as primeiras, estão muito mais bem colocadas no meio daquela plateia de pijamas e camisolas que assiste, de camarote, a uma monitora tirar Rita Schimidit de dentro do rio toda molhada, chorando e muito assustada.

— Meu celular... meu celular... ele ficou na água...

Outra monitora tenta acalmar Tina, que está tremendo e com os olhos arregalados. Tina não consegue nem se mexer.

— Fica calma, Tina.

— E... e... e... u...

— A Rita Schimidit já foi salva.

Tina finalmente consegue formar palavras e uma frase.

— Eu... não consegui... nem gritar... quando a Rita caiu na água.

O coordenador, acompanhado de uma professora de Educação Física e que tem certa experiência em enfermagem, foi falar com a monitora que tirou Rita Schimidit da água. A monitora nem espera o coordenador perguntar o que está estampado no rosto dele e já responde...

— Foi só o susto.

Rita Schimidit continua assustada.

— Eu morri?

É a professora de Educação Física quem responde, enquanto ela confere se Rita Schimidit quebrou uma perna, um braço, ou se a garota se machucou nas pedras do rio.

— Não, Rita, mas quase nos matou de susto.

Ao ver que a situação está praticamente sob controle, o coordenador fica ainda mais preocupado e bravo!

— Aonde é que você queria chegar com isso, Rita Schimidit?

Percebendo que a situação vai mal para o lado dela, Rita Schimidit —que já está totalmente recuperada e sem medo — finge ainda estar debilitada, com medo e procura um tom de voz de mocinha sofredora de filme melodramático, aquela que sofre... que é vítima de tudo...

— Foi tudo culpa da Tina.

Tina, que também já se recuperou do susto e percebe que precisa ser rápida se quiser escapar, corre até Rita Schimidit e o coordenador.

— Culpa minha?

— Culpa sua, sim! E pode me dar outro celular...

— *Helloouu*? Rita? Quem foi que me chamou pra vir até o rio, assim que amanhecesse, e enquanto todo mundo ainda estivesse dormindo?

Rita Schimidit acrescenta ao papel de mocinha sofredora de filme melodramático que vinha fazendo um mínimo tom de quem sabe que, mesmo sendo a mocinha sofredora de filme melodramático, precisa se defender.

— Quem te convidou? Foi *você*, Tina, que *me* chamou... Eu nem sei nadar, quase me afoguei quando escorreguei e caí no rio.

A plateia de pijamas e camisolas, que estava preocupada e acompanhava o salvamento, agora, transformou-se em plateia, ainda de pijamas e camisolas, curiosa, que acompanha o bate-boca de Rita Schimidit e Tina, cada uma querendo salvar a sua pele.

— *Helloouu*? Rita? Se fosse assim, eu deveria estar na água e não você. O mais próximo que eu chego de água de rio não é nem de rio, é de lago: o lago do Central Park, lá em Nova York, quando ele está congelado e eu posso patinar.

— Então, o que você estava fazendo aqui?

— Você sabe muito bem: você pediu pra eu fazer companhia.

Sem saber o que dizer, Rita Schimidit finge uma profunda dor no calcanhar esquerdo, se dobra sobre a perna esquerda e começa a chorar.

— Aaaai!

A professora de Educação Física cai na armadilha de Rita Schimidit e vai socorrê-la. Rita Schimidit se abraça à professora, chora ainda mais forte... e fala alto...

— Tá doendo muito aqui no calcanhar... Acho que foi na hora que a Tina me empurrou...

A plateia de pijamas e camisolas começa a fazer apostas, causando um certo burburinho. Tina fica furiosa!

— Você pensa, Rita, que tem alguém acreditando que é verdade que você se machucou? Ou que eu te empurrei? Você acabou de dizer que escorregou e caiu no rio.

Ponto de Tina!

— Eu... eu... eu me confundi.

Os olhos do coordenador perguntam aos olhos da professora de Educação Física se está tudo bem; eles confirmam que sim. Rita Schimidit capricha ainda mais no choro e continua...

— Bem que a Felícia Gurgel falou pra eu tomar cuidado com a sua amizade... que você, Tina, é uma menina sem limites... só porque é muito rica...

A plateia de pijamas e camisolas, agora, vibra! Parece uma final de campeonato. Felícia Gurgel leva o maior susto ao ouvir o seu nome entrando na competição, quer dizer, na confusão.

— Eu nunca disse isso!

Antes que Rita Schimidit tenha tempo de tentar desdizer Felícia Gurgel, o coordenador se coloca em um lugar onde pode ser ouvido e visto por todos e pede silêncio...

— ... agora a conversa é comigo.

Silêncio absoluto. Todos sabem que aí vem bomba.

— Rita e Tina, vocês desobedeceram a uma das regras mais rigorosas do acampamento da nossa escola... e isso dá *perda total*. Arrumem suas mochilas. Só vou esperar ficar um pouco mais tarde para entrar em contato com os pais de vocês, para que eles venham buscá-las.

Agora, Rita Schimidit começa a chorar de verdade.

— Que injustiça!

Tina fica um pouco envergonhada, mas tenta disfarçar e não diz nada. O coordenador confere o relógio do celular e, em seguida, olha para a plateia de pijamas e camisolas.

— Quanto a vocês, voltem para seus quartos e mudem de roupa. Já está quase na hora do café da manhã; e, depois do café, teremos a nossa aula prática de Ciências.

Os alunos começam a dispersar. Nanda, Gute e Camila vão se encontrar com Tina, que já está indo em direção ao galpão onde ficam os quartos. Gute tenta falar com Tina...

— Eu te falei que...

— Eu não quero falar sobre isso agora, Gute. Me deixa quieta.

Dá para perceber, pelo jeito dela, como Tina está envergonhada. Gute, Camila e Nanda deixam que ela se afaste. Gute está com uma expressão estranha. Camila quer saber...

— O que foi, Gu?

— Tô com um pouco de vergonha.

— Você não fez nada.

— Eu achei que a Tina estava armando alguma contra a Nanda. Acho que eu exagerei. Desculpa, Nanda.

Parece que Nanda não ouviu o pedido de desculpas de Gute.

— Tô te pedindo desculpas, Nandinha.

Agora, ela ouviu.

— Tá, tudo bem...

Foi o "Tá, tudo bem..." mais distante que Gute e Camila já ouviram. Sinal de que as coisas não estão tão bem assim?

– ... é que eu estava um pouco longe.

Quando Nanda, Gute e Camila chegam ao quarto, Tina já está vestida, fechando a última de suas três malas e com a maior cara de quem já esqueceu totalmente o que aconteceu – ou, pelo menos, quer que quem a veja acredite que ela já esqueceu totalmente o que aconteceu.

– Tô pronta. Vou levar uma bronca do meu pai, duas da minha mãe... uma nota baixa... mas, pelo menos, aprendi que na Rita Schimidt não se confia. Eu espero vocês no refeitório.

Agora, Nanda, Gute e Camila passam de surpresas a confusas. Gute é a primeira a falar...

– Essa é a Tina!

Camila, a segunda:

– Será que, algum dia, ela vai aprender a ter limites?

E Nanda, a terceira:

– Tomara que sim. Eu gosto dela.

– Eu também.

– Eu também.

Depois que se vestem, Camila, Gute e Nanda vão para o refeitório. Quando estão quase chegando, Camila vê alguém se aproximando.

– Olha quem vem vindo, Nanda: a outra metade do casal.

Nanda sente um certo desconforto com o que ela escuta de Camila, que segue um pouco mais à frente com Gute e entra no refeitório. Sozinha, perto da porta do refeitório, Nanda acompanha com os olhos, com uma certa estranheza e com pouco interesse, Beto 1 se aproximar, um tanto quanto eufórico...

— Você viu que animal?

... tão eufórico que parece que o time dele foi campeão nacional...

— A Rita Schimidit é muito corajosa.

... tão eufórico que nem percebe a falta de interesse de Nanda nesse encontro...

— Eu queria ter metade da coragem dela.

Nada do que está ouvindo agrada a Nanda. Muito menos o que ela está ouvindo agora...

— Vem, Nandinha. Vamos falar com a Rita.

... e o jeito como Beto 1 disse o que ela acaba de ouvir.

— Falar o quê, Beto?

Pelo tom de Nanda, Beto 1 percebe que está exagerando um pouco na euforia e tenta desacelerar, mas só um pouco.

— Dar força...

Está escrito no rosto de Beto 1 que ele está querendo é dar os parabéns a Rita Schimidit, e Nanda percebe isso.

— ... deve estar sendo um momento muito difícil pra ela...

Mesmo eles estando lado a lado, é como se, a cada frase que Beto 1 diz, ele se distanciasse alguns centímetros de Nanda...

— ... ser enganada pela Tina...

... alguns metros...

— ... quase se afogar...

... alguns quilômetros.

– ... e ainda ganhar perda total. Agora sou eu que quero fazer uma *selfie* com ela. Ganhar perda total é animal!

Só falta Beto 1 estourar rojões quando ele diz "Ganhar perda total é animal!". Mesmo estando alguns quilômetros distante do garoto, Nanda percebe que Beto 1 está mentindo.

– Você sabe muito bem que a Tina não enganou a Rita Schimidit, Beto... e que o que ela fez é muito errado e...

Beto 1 se ofende.

– Você não entende nada disso, Nandinha.

A maneira como Beto 1 tenta minimizar Nanda deixa a garota mais incomodada com ele. Incomodada e irritada! Mas, ela se mostra mais irritada do que incomodada.

– *Disso* o quê?

– Ah... pequenas mentiras... pequenas maldades... desobedecer a regras...

– E nem quero entender.

– Claro que não.

Há um certo tom de decepção no jeito como Beto 1 diz "Claro que não". A paciência de Nanda está se esgotando.

– Você gostaria que eu fosse mais mentirosa?

A paciência de Beto 1 também.

– Como é exagerada!

– Mais malvada?

– Se liga, Nandinha.

– Ooooooi!

Esse "Oi!" longo não foi dito por Nanda nem por Beto 1, que, aliás, se tivesse dito alguma coisa, teria se afogado, de tanta baba que apareceu na boca dele, quando percebeu quem acabava de chegar e de dizer aquele "Ooooooi!".

— Rita!

A única coisa que Nanda consegue fazer, de tão incomodada que acaba de ficar, é cruzar os braços, o que ninguém — nem Beto 1 e muito menos Rita Schimidit — percebe, de tão ligados que ficam um no olhar do outro.

Beto 1 chega mais perto de Rita, pega o celular, aciona a câmera fotográfica, inverte o foco, estica o braço e...

— *Selfiiiie!*

Rita fica tão eufórica que nem escuta a primeira vez que o garoto pergunta...

— ... eu perguntei se você tá muito machucada?

Beto 1 sabe muito bem que Rita Schimidit nem se arranhou. Rita Schimidit sabe muito bem que Beto 1 sabe que ela nem se arranhou. Vendo que a fama repentina que ganhara agradou (#EMuito!) o Beto 1, Rita Schimidit faz a maior voz de dengosa para responder e para tentar agradar ainda mais ao garoto.

— Mais ou menos.

— Você deve ter levado o maior susto.

A distância que Rita Schimidit está de Beto 1 é mais do que suficiente para ele ouvir perfeitamente a voz dela. Mas, antes de responder, Rita Schimidit chega ainda mais perto de Beto 1. Ela jamais perderia essa oportunidade.

— Quase morri de susto!

— A água devia estar supergelada.

— Quase morri de frio!

— Você pode ficar resfriada.

Rita Schimidit está quase transbordando de euforia, com tanta atenção de Beto 1.

— Tô chocada, Beto!

— Chocada com o quê?

— Eu não sabia que você me conhecia tão bem.

Nanda está quase vomitando, de tão enjoada que ela está ficando com aquela conversa. Beto 1 fica um pouco sem jeito. Na verdade, bem pouco...

— E ainda vou te conhecer muito mais!

Sabendo muito bem que nessa fase — de começo de conquista — uma garota sempre deve deixar uma conversa "no ar" para manter um garoto intrigado, Rita Schimidit sorri e diz...

— Quem sabe.

Rita fala sem exclamação, suavemente. Parece que Beto 1 gostou da estratégia de Rita Schimidit.

— Por falar em saber, você sabe que o meu pai é médico da galera da nossa idade, não sabe?

Em um momento como esse — de começo de conquista —, Beto 1 jamais diria que o pai dele é pediatra. Agora, sim, Rita Schimidit fala com uma exclamação no final.

— Claro que sei!

— Se precisar de alguma coisa, me manda uma mensagem, que eu ligo pro meu pai e sua mãe te leva no consultório dele. Você tem o meu contato, não tem? O meu pai... é fera! Mesmo sendo sábado, se eu pedir, ele te atende. Pai é pai, né?

Não foi mais um garoto que disse a última fala, foi um pavão.

— Puxa, Beto. Nem sei como te agradecer. Vamos tomar café juntos?

— Claro.

Beto 1 segue Rita Schimidit, mas logo para, olha para trás e leva um susto: é como se só agora ele se lembrasse de Nanda. Rita Schimidit também para, pensa em alguma coisa e com a voz falsamente simpática convida...

— Vem com a gente, Nandinha.

É ainda com os braços cruzados e um tom bem irônico que Nanda responde...

— Vão indo que eu já vou.

Percebendo que terá problemas pela frente, Beto 1 repete a frase de Nanda, só que no singular, falando para Rita Schimidit, visivelmente aborrecido...

— Vai indo que eu já vou.

— Não demora, Beto.

Assim que Rita Schimidit sai, Beto 1 faz cara de bravo.

— Posso saber que cara é essa?

Não é Nanda perguntando o porquê da cara de bravo. É Beto 1 querendo saber o porquê da expressão de... de... o garoto não acha a palavra exata para descrever o que os sentimentos estão desenhando nos traços do rosto de Nanda.

— O que foi que eu fiz de errado, Nanda?

— Você quer mesmo saber?

É bastante assustado que Beto 1 responde...

— Claro que quero.

— Então, tá. Foi você quem pediu...

#CapítuloOnze

A maneira como Nanda diz a Beto 1 "Então, tá. Foi você quem pediu...", mais precisamente ela ter colocado as reticências no final da segunda frase, fez o garoto pensar que, antes de continuar, ela queria respirar fundo para tomar ar ou queria criar algum suspense ou ainda que ela estava com medo de dizer o que pretendia.

– Fala, Nanda.

Beto 1 estava totalmente enganado. O que fez Nanda parar nos três pontinhos – as tais reticências – foi um sentimento que ultimamente e cada vez mais vinha tomando conta de suas atitudes: a necessidade de reflexão, ou melhor, a possibilidade de reflexão.

Desde que seu espelho caiu e não se quebrou até a conversa que ela teve com Camila pelas mensagens de texto, na noite anterior à ida para o acampamento, Nanda vem aprendendo a parar um pouco para pensar em algumas coisas e também a prestar mais atenção aos detalhes do que as coisas querem lhe dizer. Está certo que sobre alguns dos últimos acontecimentos de sua vida – o beijo, ficar com Beto 1... – ela não tinha ainda muitos dados, muitas informações em sua cabeça para pensar neles. Eram experiências novas e inesperadas que, como toda nova e inesperada experiência, acabaram deixando a garota praticamente sem ação.

"Eram", "acabaram"... esses verbos foram colocados no passado porque naquele momento, em frente a Beto 1, depois que o garoto lhe mostrou mais um monte de coisas dele de que ela não gostou nem um pouco, parece que tudo começou a fazer um pouco mais de sentido no quebra-cabeça que estava se formando e se desmanchando dentro de Nanda nos últimos minutos, nas últimas horas, nos últimos dias.

– Tô esperando, Nanda, fala.

A maneira de falar de Beto 1 continuava autoritária, mas, na sua suposta autoridade, o garoto estava quase suplicando por uma palavra de Nanda, uma explicação.

"Falar o quê?"

Depois de mais alguns momentos de silêncio – quando Nanda só encarou Beto 1 –, ela teve uma única e precisa certeza.

"Eu não tenho mais nada a dizer pra esse garoto."

– Você tá me assustando, Nanda.

"Quer dizer, eu até teria o que dizer, mas o Beto 1 não vai entender, e, mesmo que entenda, pouco me importa agora as coisas que ele entende ou não. O Beto 1 não faz mais parte de mim. Acho que nunca fez. Quer dizer, quase fez, por pouco tempo... alguns minutos, um dia no máximo?... mas não durou, não esquentou, não vingou."

Vendo se acabar assim a sua primeira "ficada" – é, porque, depois de tudo o que viu e pensou, ela não tem mais a menor vontade de "ficar" com Beto 1 –, Nanda está ainda mais quieta.

"É assim que acaba a primeira ficada da vida de alguém?"

— Você vai me dar o fora, Nanda?

"Sem um mínimo de emoção? De saudade? De dúvida se terminar é mesmo o melhor?"

A expressão de Beto 1 está cada vez mais intrigada. Como Nanda não responde, o garoto ocupa aquele silêncio com o que diria se tivesse recebido alguma resposta da garota.

— Então, valeu, Nandinha.

Vendo Beto 1 se afastar, Nanda não sente emoção, saudade nem dúvida.

"Que alívio!"

Além de alívio, Nanda sente fome. Quando chega ao refeitório, procura com os olhos onde estão sentadas Camila e Gute. Na mesa ainda há alguns lugares vagos. Nanda faz um sinal para que suas amigas guardem um lugar ao lado delas e vai pegar sua bandeja com o café da manhã.

Tem mais de dez pessoas na sua frente. Nanda vê Beto 2 — o último da fila — antes que o garoto a veja.

— Oi, Beto!

Depois que se recupera da surpresa, Beto 2 arregala um pouco mais os olhos verdes superbrilhantes e sorri para Nanda, enchendo o rosto de covinhas.

— Oi.

Ele sente vergonha do susto.

— Desculpa.

Dentro do coração de Nanda bate uma saudade enorme daquele olhar iluminado e daquele sorriso que se espalha e faz sorrir tudo o que está a sua volta, num raio de pelo menos oitocentos metros. Nanda também sorri.

— Desculpar o quê, Beto?

Antes de responder, o garoto vasculha o refeitório, com olhos de raio X, procurando alguma coisa.

— Eu estava distraído.

Como se tivesse encontrado a tal coisa que procurava, Beto 2 fixa o olhar por alguns segundos em Beto 1 e Rita Schimidit, sentados a uma das mesas e conversando animadamente. Isso deixa o garoto, antes desconfortável, pra lá de feliz.

— Você quer passar na minha frente, Nanda?

— Obrigada.

Enquanto ultrapassa Beto 2, um estranho sentimento faz Nanda sentir um leve arrepio.

— Você gosta de pêssego, Nanda?

— Adoro! Por quê?

— Eu li, no cardápio, que tem pêssego no café da manhã de hoje e eu não sou muito chegado.

— Ah!

— Você quer o meu pêssego?

Claro que Nanda quer.

— Melhor não, Beto, obrigada.

Pela expressão de Beto 2, ele não entendeu muito bem a resposta absurda de Nanda. Se ela tivesse respondido "Não, Beto, obrigada" ou só "Não, obrigada", a resposta teria passado despercebida, mas Nanda ter acrescentado a palavra "melhor", no sentido de uma advertência, é mesmo difícil de entender.

Mas Beto 2 quer entender...

— Por que não, Nanda?

A expressão de Nanda mostra que nem ela entendeu muito bem o que disse.

"Que mal pode fazer um pêssego?"

Enquanto busca uma resposta ainda mais absurda do que a anterior para acompanhar a advertência absurda que é não aceitar aquele pêssego oferecido com tantas covinhas e com tantos olhos verdes, Nanda percebe que a partir daquele momento, em sua vida, as respostas absurdas ou mais absurdas para acompanhar advertências absurdas já não fazem mais o menor sentido.

— Pensando bem, eu aceito.

A expressão de Beto 2 é de alívio.

— Quando a fila andar e a gente pegar as bandejas, eu te dou o pêssego, tá?

— Hã-hã.

Agora, a expressão de Beto 2 é de quem espera um convite, pelo menos é assim que Nanda quer entender... e entende...

— Beto...

— Oi!

A euforia do garoto quando diz esse "Oi!" é como se já tivesse gostado muito e já aceitado o que quer que Nanda vá dizer, mesmo que não seja um convite, mesmo que não seja nada importante.

— Você quer se sentar à mesa comigo e com a Camila, a Gute e a Tina?

Nanda inclui Tina porque ela acaba de chegar à mesa onde estavam antes Gute e Camila. Os olhos de raio X de Beto 2 conferem a mesa e uma certa decepção ocupa suas covinhas.

— Acho que não vai dar...

Pelo movimento de cabeça de Beto 2, Nanda percebe que ele acaba de conferir a mesa.

— ... só tem vago o lugar que as suas amigas guardaram pra você.

É mesmo: agora, a mesa está cheia. Mais do que isso: todas as mesas estão com todos os lugares ocupados e as últimas pessoas que já pegaram suas bandejas na frente de Beto 2 e Nanda estão começando a reclamar de ter que esperar por um lugar.

— Pode pegar a sua bandeja e se sentar com as meninas, Nanda.

Assim que o garoto termina sua frase, Nanda vê Felícia Gurgel — uma das pessoas que já tinham pegado a bandeja com o café da manhã e esperavam um lugar — passar por ela e Beto 2.

— Fê...

Felícia Gurgel para ao lado de Nanda, para atender ao chamado dela.

— Tá me chamando, Nandinha?

— Se você quiser, pode se sentar junto com a Gute, a Camila e a Tina.

— Mas você não vai se sentar lá?

Nanda começa a responder um pouco encabulada...

— Só tem um lugar...

... e termina com muita delicadeza.

— ... e eu tô com o Beto.

Felícia Gurgel sorri maliciosa! Curiosa! Vibrante!

— Como assim "tô com o Beto"?

Sem saber muito bem o que responder, Nanda só reforça:

— Pode ir pro meu lugar, Fê.

Entendendo que sua participação especial terminou, Felícia Gurgel sorri, agradece e vai em direção à mesa onde estão Camila, Gute e Tina. Nesse momento, a responsável pela cantina vai até os alunos que já estão com suas bandejas e também aqueles que estão na fila e ainda não as pegaram. Ela está bastante atrapalhada quando diz...

— Como todo mundo veio tomar café ao mesmo tempo, vocês ficaram sem lugar. Eu falei com o coordenador e ele autorizou vocês, que estão sem lugar, a tomar café lá na varanda grande, para não atrasar o horário da aula.

Em poucos segundos, Beto 2 e Nanda, os alunos que ficaram por último, estão com suas bandejas nas mãos a caminho da varanda grande, que fica ao lado do refeitório. Quando eles estão a poucos metros de chegar, passando embaixo de uma árvore, Beto 2 tem uma ideia.

— Será que o coordenador vai achar ruim de nós dois tomarmos café aqui, na sombra dessa árvore?

Nanda confere o céu: ainda não há sol suficiente para fazer sombra, mas ela acha a ideia ótima.

— Nós só vamos saber se tentarmos. Eu topo.

Assim que se sentam na grama, Beto 2 sorri de um jeito um pouco mais profundo e agradece.

— Legal...

Nanda pensa que Beto 2 está se referindo a ela ter aceitado a ideia dele de tomar café embaixo da árvore, mas esse "Legal..." não é só para isso.

– ... você ter ficado comigo... ter topado a minha ideia... e, principalmente, o jeito como você falou "tô com o Beto...".

Mesmo sendo um garoto gentil, Beto 2 não é bobo e sabe muito bem quando as coisas estão a favor dele, como agora.

– ... pena que você usou essa frase no sentido de falar que estava comigo só pra tomar o café da manhã, Nanda.

Um sentimento novo para Nanda faz o sangue dela correr mais forte e subir para o rosto, deixando as bochechas dela mais vermelhas do que um pimentão. A surpresa com esse sentimento faz Nanda perder totalmente o controle sobre suas palavras e deixar brotar uma pergunta mais corajosa do que todas as que ela já fez na vida.

– Será mesmo?

Beto 2 se espanta com o "Será mesmo?" de Nanda tanto quanto ela.

– Não?

– Não sei, Beto.

Só o que Nanda sabe nesse momento é que aquela sensação de o sangue correr mais forte e deixar as bochechas dela igual a um pimentão é muito legal. Beto 2 pensa em perguntar "E o Beto?" ou "E o outro Beto?" – afinal, ele também é Beto –, mas percebe que isso nem é preciso. O que é preciso é ele desdizer uma mentira.

– Eu preciso te dizer uma coisa, Nanda.

"Ai, que medo!"

– Aquele dia que eu fiquei esperando você descer do ônibus da escola, eu menti. Eu não quero ser só seu amigo. Falei aquilo porque você estava muito estranha e eu fiquei

com medo de não poder continuar perto de você; afinal, você estava ficando com o Beto... com o outro Beto.

"O que eu falo agora? Melhor não falar nada."

— Nanda, fica comigo?

Nanda não lembra se respondeu à pergunta e depois fechou os olhos... ou se só fechou os olhos e esperou a boca de Beto 2 chegar perto da sua... e, primeiro, conferir suavemente os seus lábios, para, depois, também suavemente, fechar os lábios dela com um beijo... que fez a garota se esquecer de tudo o que ela já conhecia até aquele momento... e entrar em um outro mundo, onde tudo passou a fazer bem mais sentido do que no mundo anterior.

Final feliz.

Emerson Charles

Toni Brandão é um autor multimídia, com projetos de êxito em literatura, teatro, televisão, cinema e internet. Seus livros ultrapassam a marca de três milhões de exemplares vendidos e discutem de maneira bem-humorada e reflexiva temas próprios para os leitores pré-adolescentes e jovens. Seu best-seller *#Cuidado: garoto apaixonado* já vendeu 300 mil exemplares e rendeu ao autor o Prêmio APCA (Associação Paulista de Críticos de Arte).

Os livros de Toni Brandão estão chegando ao exterior. A editora Hachette está lançando na França e nos outros países francófonos a coleção adolescente Top School!.

O projeto cinematográfico livremente adaptado de seu livro *Bagdá, o skatista!* recebeu um importante prêmio da Tribeca Foundation, de Nova York.

Toni criou, para a Rede Globo de Televisão, o seriado *Irmãos em ação* (adaptação de seu livro *Foi ela que começou, foi ele que começou*) e foi um dos principais roteiristas da mais recente versão do *Sítio do Picapau Amarelo*.

Site oficial de Toni Brandão: <www.tonibrandao.com.br>.

Dave Santana nasceu em Santo André-SP, no ano de 1973. Com seu traço versátil, trabalha como chargista, caricaturista e ilustrador de livros. Seu trabalho já lhe rendeu vários prêmios em salões de humor pelo país. Em 2006, foi contemplado com a menção Altamente Recomendável FNLIJ, pelas ilustrações do livro *Histórias do Brasil na Poesia de José Paulo Paes*, publicado pela Global Editora.

Dave ilustrou livros de grandes autores como *O outro Brasil que vem aí*, de Gilberto Freyre, *Os escorpiões contra o círculo de fogo*, de Ignácio de Loyola Brandão, e *Sequestro em Parada de Lucas*, de Orígenes Lessa, da Global Editora. Como autor, publicou pela mesma editora os infantis *Cadê meu cabelo?*, *Caiu na rede é peixe*, *Galo bom de goela* e *O pequeno crocodilo*.

Leia também de Toni Brandão

Os recicláveis!   Os recicláveis! 2.0   O garoto verde   Caça ao lobisomem

Aquele tombo que eu levei   2 x 1   Guerra na casa do João   O casamento da mãe do João

Tudo ao mesmo tempo   A caverna – Coleção Viagem Sombria   Os lobos – Coleção Viagem Sombria   Os raios – Coleção Viagem Sombria

Perdido na Amazônia 1   Perdido na Amazônia 2

Tina

Neste primeiro volume da coleção "*#Cuidado garotas apaixonadas*", Toni Brandão mergulha no universo dos adolescentes e cria uma narrativa que retrata as relações pessoais e sociais das personagens, estudantes de uma escola de classe média. A personagem que dá título ao livro, Tina, destoa do grupo. Muita rica, humilha e manipula os colegas e exibe exageradamente sua condição social.

E já no primeiro dia de aula, Tina quer garantir sua popularidade, porém se surpreende com uma nova aluna que ganha a atenção de todos.

Assim se iniciam os conflitos, e Tina parte para conquistar o coração de Alê.

PRELO

Gute

Toni Brandão dá continuidade à coleção "#*Cuidado garotas apaixonadas*", com a presença dos mesmos ingredientes dos outros dois livros. Agora a protagonista é Gute, que se apaixona por um novo personagem que entra em cena. É um livro que fala diretamente ao coração dos e das adolescentes: atração, insegurança, conquista, encontro, desencontro, descoberta do amor. E tudo vivido no contexto das tecnologias digitais.

#Cuidado garoto apaixonado

Cuidado! O primeiro amor pode chegar numa flechada e deixar qualquer um com o coração batendo no joelho – isso mesmo!

Não é fácil ser adolescente, se descobrir e tentar entender o mundo. Assim acontece com Tui e com seu melhor amigo, Alê, que conhecem logo no primeiro dia de aula uma garota de boné e batom vermelho. Em *#Cuidado garoto apaixonado*, o *best-seller* de Toni Brandão, tudo sai do lugar, sentimentos ficam confusos e o garoto apaixonado vai ter que lidar com a vontade do seu coração.

Uma narrativa que agrega sentimentos, dramas, dilemas e emoções conflitantes, próprios do leitor juvenil, com temas pertinentes à qualquer época. Esta nova edição, publicada pela Global Editora, foi atualizada pelo próprio autor. As ilustrações são de Orlando Pedroso. Em 2009, a obra foi adaptada para o teatro e Toni Brandão venceu o Prêmio APCA, na categoria de melhor autor infantojuvenil pela adaptação do texto para teatro.

Impressão e Acabamento:

www.graficaexpressaoearte.com.br